A pipa de Diógenes

Gianfrancesco Guarnieri
Oduvaldo Vianna Filho

A pipa de Diógenes

Peça em três atos do Teatro Paulista do Estudante

Organização:
Lígia Balista
Juliana Caldas

Apoio

Este projeto é selecionado
RUMOS
Itaú Cultural

jabuticaba

Organizadoras: Lígia Balista e Juliana Caldas
Estabelecimento de texto: Lígia Balista e Juliana Caldas
Produção editorial: Rodrigo Alves do Nascimento
Revisão: Rodrigo Alves do Nascimento e Marcelo Lotufo
Diagramação (Miolo): Pedro Spigolon
Capa: Marco Cherfêm, a partir de documentos dos acervos de Gianfrancesco Guarnieri e Cecilia Thompson, no arquivo do CDT (USP)

Este livro segue as novas regras do Acordo Ortográfico da Língua Portuguesa de 1990, em vigor no Brasil desde 2009.

Projeto de Pesquisa: Apoiado pelo Rumos Itaú Cultural 2019-2020 - "Inéditos da dramaturgia de Guarnieri e a produção cultural crítica no Brasil a partir dos anos 1950"
Coordenação: Lígia Balista
Produção: Juliana Caldas
Pesquisadora assistente no arquivo: Jéssica Jardim
Contato no CDT: Profa. Dra. Elizabeth Azevedo
Consultoria jurídica: Larissa Terceiro
Consultoria técnica: Mariana Rosell
Contato no Rumos Itaú Cultural: Andrea Martins de Carvalho

Dados Internacionais de Catalogação na Publicação (CIP) de acordo com ISBD

G916p Guarnieri, Gianfrancesco

A pipa de Diógenes / Gianfrancesco Guarnieri, Oduvaldo Vianna Filho ; organizado por Lígia Balista, Juliana Caldas. - São Paulo : Edições Jabuticaba, 2022.
124 p. ; 14cm x 21cm.

Inclui índice, bibliografia e anexo.
ISBN: 978-65-00-50284-8

1. Teatro brasileiro.
I. Vianna Filho, Oduvaldo. II. Balista, Lígia. III. Caldas, Juliana. IV. Título.

2022-2412 CDU 792.0981
CDD 792(81)

Elaborado por Vagner Rodolfo da Silva - CRB-8/9410

Índice para catálogo sistemático:
1. Teatro brasileiro 792.0981
2. Teatro brasileiro 792(81)

ISBN 978-650050284-8

Edições Jabuticaba
www.ediçõesjabuticaba.com.br
www.facebook.com.br/Edjabuticaba
instagram: @livrosjabuticaba

SUMÁRIO

A pipa de Diógenes

11 1º Ato

39 2º Ato

69 3º Ato

95 **Anexo**

103 **Posfácio**
Cheiro de mimeógrafo, café e bomba: uma cena com estudantes em greve
por Lígia Balista

119 **Agradecimentos**

na praça do povo, no meio do mundo,
a voz que berra: abaixo o fascismo!
no canto do baile, o *blues* bem baixinho,
a voz que sussurra: te quero querida.
no volante do carro, o sinal bem vermelho.
a voz que protesta: não enxerga navalha!
na sala de aula, equação resolvida,
a voz que cochicha: que mestre batuta!
na algazarra do campo, a bola na rede,
a voz que esganiça: juiz vagabundo!
sorrindo, cantando, brincando,
a voz é do jovem, que luta no mundo,
pra que sorrindo, cantando, brincando.
a voz de outros jovens, a voz do futuro,
se ouça mais alto num mundo melhor.

Personagens

Rafael	20 anos
Zito	19 anos
Dória	23 anos
Wagner	25 anos
Fábio	21 anos
Verinha	18 anos
Camilo	sem idade - sem caráter

1º ATO

Quando a cena é iluminada, Zito, completamente vestido, com paletó pendurado na cadeira em que está sentado, segura um caderno, e acompanha nele a exposição que é feita por Rafael, que passeia de um lado para o outro, com roupão de banho, toalha no pescoço, cabelo molhado. Está com calça, paletó de pijama, chinelo, cigarro no canto da boca, cabelos em desalinho; dá sobre uma mesa qualquer os últimos retoques num cartaz de propaganda, que ainda não está completamente à vista do público. Wagner está fora de cena e de vez em quando dá o ar de sua graça, cantando uma ária, bem característica dos tenores de banheiro. É um domingo como outro qualquer, talvez a única diferença seja que neste domingo começa a peça.

Rafael (*Como quem termina uma exposição*) E após uma vida acidentada, morreu na miséria em maio de...

Zito (*Acompanhando no caderno*) Em abril, ó burro!

Rafael Em abril, ó burro, de 1827. (*A Zito*) Certo?

Zito Serve. Vamos em frente: Goethe.

Rafael (*Tomando fôlego*) João Alcateia Godinho, nasceu em...

Dória (*A Rafael, estranhando*) Quem?

Rafael João Alcateia Godinho, tradução em português castiço de Johann Wolfgang Von Goethe, certo?

Zito Vamos logo, Rafa... Quero ouvir o jogo.

Rafael Seu Goethe nasceu em... Em... Como é... (*Rápido*) Na Alemanha...

Zito Você quer dizer com isso que ele era alemão?

Rafael Não... Poeta...

Dória (*Como se falasse com o cartaz*) É essa... É essa a cor... Esse azul vai imortalizar o meu cartaz.

Rafael Nasceu em... Frango... Frango, o quê?

Zito (*Desanimado*) Francfort.

Wagner fora de cena dá uma cantaroladazinha.

Rafael É! Francfort, em 1749... Falecendo em Weimar, em 1832. (*Triunfante*) Sou um gênio...

Zito (*Preocupado com a irradiação do jogo de futebol, consulta o relógio*) Toca o bonde, velho...

Rafael Recebeu sua primeira educação na casa paterna... (*Gozando a sua própria nulidade*) E logicamente paterna...

Dória (*Afastando-se um pouco para ver melhor o seu cartaz*) Esse azul é divino. O mundo registrará com letras d'ouro: Da Vinci, Botticelli e Dória... Eu!

Rafael (*Chateado*) Como eu ia dizendo, são poucos os homens que recebem sua educação em casa paterna, outros não a recebem em lugar nenhum!

Zito Rafa... Olha o jogo!

Rafael (*Precipitando-se*) Escreveu diversas obras, foi amigo de Napoleão, Beethoven, Schiller e outras celebridadezinhas. Escreveu uma teoria das cores, descobriu um... Maxilar, sendo precursor de Darwin... E... E... *Otras cositas más,* além de uma obrinha que para época denota certo talento, denominada... Fábio... Não! Fausto!

Zito (*Chateado com o tempo perdido*) A Faculdade Artur Campos se sentirá honrada em colocar-lhe a beca de bacharel em línguas anglo-germânicas... Apesar de estar no primeiro aninho, os seus conhecimentos merecem, desde já, não um, mas três diplomas e meio...

Dória (*Resmungando*) São João já passou, mas eu estou sentindo um cheiro de bomba...

Rafael (*Apontando para Zito*) Olha só quem fala! (*Ao Dória*) Você pensa que eu vou sozinho. Esta besta não sabe nada. Fica aí com farofa porque está com o caderno na mão. Juro que foi agora que conheceu o Goethe!

Zito E confesso: da maneira mais profunda e erudita possível!

Dória tenta equilibrar o cartaz que acabou de fazer contra a parede, ou no chão, e este cai. Ele volta para arrumá-lo e o cartaz cai.

Zito O próximo: Schiller!

Rafael (*Negando*) Ah! Ah! O próximo sou eu. Vou me pôr bonito... Pode ser que a gente arranje um encontro com as meninas...

Dória (*Que não consegue equilibrar o cartaz*) Encontrinhos, hein? (*Sai sorrateiramente como se estivesse preparando alguma coisa*)

Zito E quando que a gente estuda?

Rafael Hoje é domingo, velho... Há ainda uma semana pela frente.

Zito Está bom... Depois não reclama.

Rafael sai e cruza com Dória, que traz um sapato na mão. Dória, escondendo o sapato de seu colega, dá-lhe um ligeiro empurrão com o ombro.

Dória Malandrão!

Dória consegue finalmente, com a ajuda do sapato, equilibrar o cartaz que fica completamente à vista do público. Dá alguns passos para trás e admira-o. Zito, imediatamente após a saída de Rafael, ligou o rádio que entra no ar irradiando furibunda partida entre São Paulo e Corinthians. O locutor não diz o resultado da partida, o que irrita profundamente Zito.

Zito (*Como se conversasse com o locutor, que deve ser uma máquina de irradiar*) Está certo... Está certo... Mas quanto é que está?... Sei... sei... Cairu é a maior... Ohhh! Sim: bem geladinha... Mas quanto é que está... Ô, besta, quanto é que está o jogo?

Dória (*Embevecido diante de sua obra*) Maravilhoso... (*Pega Zito pelo braço e vira-o para o cartaz*) Contempla. Mira... Esta obra de arte! (*Enquanto diz estas palavras o locutor anuncia o resultado da partida e o tempo decorrido. O público ouve perfeitamente, mas Zito teve sua atenção distraída*)

Zito (*Virando-se rapidamente para o rádio*) O quê? Quanto?... (*A Dória*) Você ouviu o resultado? Não... Eu também não...

Dória (*Lamentando*) Ainda pensas em ouvir futebol diante de uma obra-prima dessas?

Zito Deixa eu ouvir o jogo?

Dória — Deixo... Mas é ou não é soberbo? Magnífico? Será possível que não exista sensibilidade no seu corpo (*Faz cócegas*)... Inteligência?... (*Bate-lhe na cabeça*) Alma? (*Sacode-o*) Será possível que você não reconheça um grande artista?

Zito — (*Irritado porque não consegue ouvir o que berra o locutor*) Já que é tão bom artista, por que estuda História Natural? Por que entrou na faculdade? Por que me conheceu? Por que veio morar aqui na Pipa? Por que existe?

Dória — (*Visivelmente disposto a chateá-lo por todo o sempre, senta-se no seu colo*) Existo para deleitar sentimentos... Para conduzir homens através do meu pincel... Você me entende? Me entende?

Zito — Quer me deixar ouvir esse jogo?

Dória — (*Levantando-se*) Deixo... (*Volta rápido para o lugar primitivo*) Só depois de ouvir sua abalizada opinião sobre o meu grande cartaz... Diz: é lindo ou não é?

Zito — (*Olhando o cartaz*) É... Mas por que está de cabeça para baixo?

Dória — (*Lamentando*) Ô, pústula mental... De cabeça para baixo está o seu cérebro!

Zito — (*Virando-se o máximo possível de cabeça para baixo*) Então deixa eu ouvir o jogo?

Dória — Deixo... Ninguém me compreende... Pouco a pouco o meu talento fenece nesta Pipa de Diógenes, esmagado pela ignorância. A Pipa será o túmulo de um talento assassinado pela nulidade. (*Quase enfia o dedo no nariz de Zito. Agora chora no seu ombro*) Você não tem pena de mim? Não prefere me ouvir a esse jogo?

Zito Não. (*Abraça carinhosamente o rádio e vai para outro lugar*)

Dória (*Correndo atrás de Zito e choramingando*) O mundo vos culpará!

Zito (*Num uivo*) Me deixa ouvir o jogo?

Dória Deixo... Mas você se arrependerá. (*Pendura-se em Zito*) Sentirá ânsias, formigueiro nos pés... Sofrerá, enfim.

Zito (*Implorando*) Doriazinho... Me deixa ouvir o joguinho.

Dória Deixo... (*Começa arrumar os pincéis que usou, por alguns segundos ouve-se o rádio*)

Wagner entra com roupão,
cara cheia de espuma e pincel de barba na mão.

Wagner Qual foi o animal imberbe que arranhou a cara com a minha *Gillette*?

Dória Psssiu! Ele está ouvindo o jogo... Não o interrompa, Wagner!

Wagner (*Aproximando-se de Zito e cutucando-lhe o ombro*) Por que você usou a minha *Gillette*? *Gillette* é para fazer a barba, portanto deve ser usada por aqueles que têm barba... (*Passa-lhe o pincel de leve no nariz*)

Dória (*Aproveita mais esta oportunidade, cutuca-lhe o outro ombro*) Por que você não quer ver o meu cartaz?

Wagner (*Compreendendo*) Por que logo a minha *Gillette*?

Dória O meu cartaz?

Wagner A minha *Gillette*!

Zito (*Levanta-se com o rádio, rosna como cachorro*) Grrrrrrrrrrrrrr...

Dória (*Apagando o rádio*) É tão lindo o meu cartaz, não é?

Wagner Por que dentaste a minha *Gillette*?

Zito Bendito Diógenes, vivia sozinho numa barrica... Eu nesta Pipa tenho que aguentar quatro loucos! (*Liga o rádio e debruça-se sobre ele, protegendo-o com o corpo*)

Dória (*A Wagner*) A minha *Gillette* está na cômoda... Sirva-se dela...

Wagner Obrigado... O seu cartaz é magnífico!

Dória Só os imberbes não o compreendem.

Wagner Deixa eu tocar o barco que já estou atrasado. (*Pulando no meio da barreira formada pelo corpo de Zito, desliga o rádio*) Ouça o seu radinho, ó imberbem[1] alemãozinho...

Zito xinga em alemão. Novamente liga o rádio.
Alguns segundos de silêncio, só cortado pelo matraquear do locutor.

Dória (*Pegou o dia para saturar o Zito, aproxima-se pelas suas costas e diz cada frase em cada ouvido de Zito*) Sabe onde eu vou hoje?... Vou ao grêmio, tem reunião de Diretoria... Eu sou o Presidente... Tenho que ir... Você não acha?... E você? Diz pra mim: onde é que você vai? Verdade que arranjou uma namoradinha?... Quem é a infeliz?... Diz pra mim?

1 N. das Orgs.: Manteve-se a grafia como estava no original, pois indica uma piada com a declinação em alemão.

Zito nesta altura não fala mais.
Limita-se exclusivamente a ajoelhar-se com toda humildade possível diante de Dória. Este, sério, o benze.

Dória (*Com ar de quem descobriu a pólvora*) E aposto que você quer ouvir o jogo.

Zito Me deixa, vá?

Dória Deixo... (*Desliga o rádio, e vai se entreter nos últimos retoques de seu cartaz*)

Rafael (*De dentro*) Zito! Quanto é que está?

Zito (*Desesperado*) Como é que eu vou saber?

Rafael (*De dentro*) Você não está ouvindo o rádio?

Zito Estou! Você não acha que está alto demais?

Rafael Quanto é que está?

Zito Não sei... Ninguém sabe. Ninguém me deixa saber... Um complô contra mim!

Dória nesse momento corre para o rádio e desliga-o.

Zito (*A Rafael, no auge do desespero*) Rafael... Se eu não estiver vivo é porque estou morto... (*Olha furioso para Dória*)

Dória (*Desculpando-se aponta para o local de onde vem a voz de Rafael*) Para conversar melhor com seu coleguinha! (*Volta novamente para o cartaz e entretém-se apaixonadamente, num detalhe que ainda não estava completo*)

Rafael (*De dentro*) Anda... Dá o resultado! O São Paulo já enfiou uns vinte?

Zito olha Dória. Percebe o seu total alheamento. Pé ante pé vai ao rádio. Liga-o e com um sorriso deleitado ouve-o encolhidinho. O volume do rádio está bem mais baixo do que nas vezes anteriores. Dória pintando cantarola bem baixinho.

Wagner (*De dentro, a Rafael*) Onde pensa que vai com essa gravata?

Rafael (*De dentro*) Sair...

Wagner (*De dentro*) Essa gravata é pra maior de idade!

Rafael (*De dentro*) E como é que você usa?

Wagner (*De dentro*) Justamente por isso. Ela vai sair, mas é no meu pescoço... É presente da Marina, velho!

Zito (*Diante de um lance mais complicado*) Chuta! (*Desapontado*) Burrão!

Rafael (*De dentro*) E eu saio com o quê? Tenho um encontro importante...

Wagner (*De dentro*) Você rasgou seu babador? Quem manda ser burro!

Rafael (*De dentro*) Pão duro... (*Pausa*) E o meu sapato?

Quando Rafael faz referência ao sapato, Dória para de cantarolar, sorri e arruma o sapato com mais firmeza. O público deve compreender que o sapato que está em cena é o mesmo que Rafael acabou de mencionar.

Wagner (*De dentro*) Sei lá de seu sapato...

Zito (*Para o rádio*) Entra na área... Na área...

Rafael (*De dentro, resmungando*) Onde é que enfiaram meu sapato? E agora para achar!... Aqui tem de tudo: caveira, plantinha, mapa, livro do poeta... É mesmo uma Pipa... Não cabe nada aqui. E como é que eu vou achar o meu sapato?

Depois de alguns segundos o rádio emudece num lance de bastante movimento contra o time do São Paulo.

Zito (*Feito cachorro outra vez*) Grrrrrrrrrrrr!

Dória (*Que teve sua atenção chamada pelo ronco*) Veja lá... Por favor. (*Esticando os braços, afasta-se de Zito, fingindo medo*) Dessa vez não fui eu!

Zito Eu sei... Eu sei... Esse rádio de... Pipi. Está todo mundo contra mim. E ia ser gol... Agora já não é mais... Rádio vesgo!

Dória (*Apertando o comutador de luz*) Que rádio nada, meu velho, é a velha *Light* de sempre...

Zito (*Nervoso*) Pois é... Até a *Light* contra mim...

Dória Por isso você não precisa se preocupar... (*A* Light *não toma Eno*) Ela está contra todo mundo!

Zito finge que dá uma cuspida no cartaz.

Zito Porcaria!

Rafael entra em cena completamente vestido para domingos de sol. Falta-lhe somente um sapato no pé direito, que ostenta uma linda meia branquinha e que o obriga a pular num pé só.

Rafael Façam o favor de devolver o meu sapato!

Zito Perdeu, é? (*Para Dória*) Está sem sapato a Cinderela.

Rafael (*Custando a equilibrar-se*) Ehhh! Me dá o sapato... Dória, posso saber onde você enfurnou o meu sapato?

Dória (*Para Zito*) Zito, você viu o sapato deste rapaz...

Zito Tinha um velho, cansado, sujo... Alquebrado... (*Rápido*) Vendendo... (*Marca bem*) Um sapato na esquina. Seria o seu?

Rafael Ah! Não brinca, vá!

Dória (*Reprovando Zito*) Você está brincando, Zito?

Zito (*Ofendido*) Eu? Nunca falei tão sério!

Dória (*Berrando para dentro*) Wagner! Sumiu um sapato!

Wagner (*De dentro*) Terminando a *toilette*, partiremos à sua procura!

Rafael (*Procurando algum lugar para encostar-se*) O sapato, gente!

Zito Tenho uma ideia... Muito melhor e mais prático você cortar a perninha!

Dória Não, rapaz. Assim ele tem toda a probabilidade de ficar perneta. O jeito é...

Zito Qual será... O que é que você acha?

Dória Não sei... Vejamos...

Zito Ah!

Dória Achou?

Zito Achei. O jeito é procurar...

Dória (*Torcendo a boca como* gangster *americano de filme*) Ok... Você vai por aqui... Que eu... Também vou por aqui! (*Os dois encaminham-se em fila indiana a procurar, fazendo viseira com as mãos*)

Dória Alô! Alô, Zito! Algum sapato à vista?

Zito Não... Por enquanto, só a prazo (*Isto é dito bem atrás de Dória*)

Rafael (*Pulando até a poltrona, espera encostado com um pé no ar*) Que gracinhas... Dou vinte e quatro horas para a restituição completa do meu solado!

Dória (*Encaminhando-se para o cartaz. Dá o alarma*) Atenção, Zito... Acabo de ver um cordão!

Zito Tem um corinho em baixo?

Dória Tem!

Zito Apoiado numa sola?

Dória Isso, velho!

Zito Então não tem dúvidas: é um sapato!

Dória (*Pegando o sapato*) Puxa! (*Examina*) É, sim... Você é fenomenal! Olha só o jeitão dele!

Zito encaminha-se triunfante para Rafael e aperta-lhe as mãos.

Zito Finalmente lhe será reconstituído o equilíbrio! (*Dá um ligeiro empurrãozinho em Rafael, que faz verdadeiros milagres para não pôr a meia no chão. Dória aproxima-se com o sapato. Quando Rafael vai pegá-lo, ele passa-o rapidamente para Zito. Começa o jogo de vai e vem*)

Rafael (*Pulando no meio*) Para com isso, gente... Vamos... Eu não posso suar!

Wagner no meio do jogo aparece vestido sensacionalmente, com um terno preto tropical brilhante, abotoaduras, prendedores de gravata e todos os balangandans modernos da moda masculina. Tem uma maleta na mão que deposita no solo e entra na brincadeira. Rafael dá de cara com Wagner.

Rafael Até tu, Brutus!

Zito tem o sapato na mão, vai atirá-lo para Dória rindo, quando a força do rádio volta berrando: "Entra pela direita, centra, Mele na área: GOLLLLLLLLLLLLLLLLLLL"

Zito (*Desesperado com o sapato na mão*) De quem? De quem?

O rádio dá como resposta: "Goooooooool do São Paulo". Zito furioso desliga o rádio.

Zito É roubo... Não valeu... Esse juiz importado é sujo que dói!

Rafael aproxima-se triunfante de Zito e tira-lhe o sapato da mão.

Rafael (*Importante*) Este gol é o primeiro da série... Ao vencedor, o sapato!

Dória depois de atirar o sapato pela última vez dá de cara com Wagner e admira exageradamente a elegância londrina do colega.

Dória (*Como se berrasse: "Frankie!"*) Wagner... Por que assim tão lindo?

Wagner (*Pegando a maleta, dá uma voltinha. Rafael bota o sapato*) Achas? (*Ri*)

Dória Aconteces na sala de maneira "Kar" milhões!

Rafael Que linha é essa: linha h ou h linha?

Wagner É uma linha alinhada!

Rafael Onde é que vai?

Wagner Não é de sua conta!

Zito Por que de maleta?

Wagner Ah!

Zito (*Misterioso*) Wagner e seus casos misteriosos!

Wagner Não existe nenhum mistério, cavalheiro! Tenho um programa especial para vários dias; daí a necessidade de uma valise!

Rafael Já sei... Vai para Tambaú, implorar para se formar este ano!

Zito Esse milagre acho que nem em Tambaú!

Wagner (*Importante*) Ficaria satisfeitíssimo se meus caros coleguinhas não se preocupassem tanto com os meus problemas. Sempre passei de ano e não vejo razões para apreensões.

Rafael Como é o nome dela?

Wagner Ah, a curiosidade... A curiosidade mata! Vou encontrar-me com Marina.

Zito Ih! Marina outra vez. Puxa, isso se chama decadência.

Rafael É a quinta vez consecutiva que você sai com a mesma mulher. Pobre amigo!

Wagner É que desta vez aproveito o afastamento do pobre esposo fazendeiro.

Zito Oh, sim. Eu bem te entendo. Ela vai ficar tão sozinha.

Rafael No duro, esse seu desprendimento me comove.

Dória Olha que esses casos com marido no meio dão um galho.

Wagner Galho pra mim não. (*Com um gesto chifrante*) Pra ele! Espero que vocês não sintam a minha falta...

Zito Vou morrer de saudades!

Rafael Você não vai dar as caras na repartição?

Wagner Meu jovem... Os problemas meus, são meus problemas.

Zito Sujeitinho insuportável. Irra!

Dória Vê lá o que vai fazer, hein, velho.

Wagner Não se preocupe... Está tudo muito bem arrumadinho. Tudo correrá às mil. (*Pondo a mão no bolso*) O Fábio ainda não voltou?

Zito O poeta deve estar perdido nos seus sonhos. Todo domingo é assim! Perde-se nos longos passeios pelo bosque das oliveiras!

Dória Ele está atrasado por minha causa. Pedi que passasse pela faculdade.

Wagner A faculdade está aberta hoje?

Dória Não a faculdade... O grêmio. Nós vamos ter reunião.

Wagner Bem... (*Tirando o dinheiro do bolso*) Então, entregue a ele a minha parte do aluguel. Acho que só dou as caras no fim da semana.

Zito (*Lamentando*) Tão cedo assim?

Wagner Tudo depende da demora do marido... Isso não é comigo, infelizmente. (*Soa uma buzina fora*) Ei-la!

Zito Ela é buzina, é? (*Ri*)

Wagner	(*Rindo*) Não! Olha pra mim... Tenho cara de quem sai com buzina? (*Pega a maleta e encaminha-se para a porta*) *Addio belli*!
Rafael	Lembranças à Marina.
Wagner	Serão dadas. (*Vai saindo*)
Dória	(*Sorrindo começa a cantar* Marina, *de Dorival Caymmi, sendo imediatamente acompanhado por Zito e Rafael*) Marina, morena, Marina...
Wagner	(*Olhando para traz e sorrindo*) Lembranças ao Fábio!
Fábio	(*Entra sorrindo, os outros continuam na suave "Marina, morena, Marina", agradecendo as lembranças*) Muito obrigado... Chego, confesso, espantadíssimo, com aquele *Cadillac* e com aquela morena.
Wagner	(*Sorrindo*) Morena, não. Marina. Tchau.
Fábio	(*Com um tapinha amistoso*) Tchau!

Dória, quando vê a entrada de Fábio, suspende a cantoria. Os outros também.

Dória	(*Logo que vê Fábio livre das falas de Wagner, ergue exageradamente o ouvido para o teto, berrando*) Ora direis ouvir estrelas?
Zito	(*Procurando no chão com as mãos em forma de binóculo*) Por certo perdeste o senso!
Fábio	(*No mais amplo esticar de braços*) E eu vos direi, no entanto, amai para entendê-las!
Zito	Bem-vindo à Pipa de Diógenes!
Rafael	Sai Apolo entra a Musa Parnaso!

Fábio — A Musa do Parnaso quase não chega hoje. Emaranhei-me em duas tranças negras que me levaram longe, longe... Coisa linda a mulher, não?

Rafael — O Wagner que o diga!

Fábio — Marina: que olhos, que boca, que braços... Que *Cadillac*! (*Passeia pelo quarto dá com o cartaz de Dória*) Terminou, é?

Dória — É.

Fábio — Por que esse desânimo? Está bom pra chuchu!

Dória — Preciso fazer quinze desses por mês para ganhar uma miséria!

Fábio — A exploração do homem pelo homem é um fato. Mas o desânimo é um defeito, ainda segundo os homens!

Dória — Você quer que eu dê pulinhos? Com 3.000 tenho que pagar livros, faculdade, aluguel... (*Lembrando-se*) Ah! Por falar em aluguel, o Wagner deixou a parte dele! (*Entrega o dinheiro a Fábio*)

Fábio — Bom mesmo... Em boa hora. Topei com Dona Maria na escada e gelei!

Rafael — Cobrou, é?

Fábio — Lógico! Você acha que não devia ter cobrado?

Rafael — (*Chateado*) É que a turma lá de casa não mandou o dinheiro ainda. A situação está preta.

Dória — A gente se vira... Que horas são?

Fábio — Está na hora da reunião!

Dória — Então eu vou me arrumar! (*Sai*)

Zito — Dona Maria está brava, é?

Fábio — Não... Mas está cutucando...

Rafael — Puxa, essa Dona Maria!

Fábio — Coitada... A gente não pode se queixar. Vocês se lembram do ano passado? Aguentou quatro meses. Nós de cara dura com ela e ela de cara dura com o dono do prédio!

Zito — É mesmo... O jeito é pagar!

Fábio — Vocês precisam começar a se defender! Por que não dão umas aulinhas?

Zito — Você conhece alguém que queira aprender alemão no mundo? Depois, quem é que acredita nessa besta como professor? Você sim... Tem uma cara ótima para professor...

Rafael — A Verinha que o diga!

Fábio — Acham?

Rafael — Ela vem hoje aqui?

Fábio — Aula no domingo, meu velho...

Rafael — A Verinha aprende depressa... Vai ver gosta do professor...

Fábio — Quão observadores...

Zito — Ela é lindinha, não?

Fábio — Plenamente de acordo.

Dória — (*De dentro*) Fábio, você passou pelo grêmio?

Fábio — Perfeitamente, cavalheiro! Missão cumprida.

Dória — (*De dentro*) E como é que está?

Fábio — Um interesse fabuloso, meu jovem. Em todos os cantos discussões. Vê-se que o pessoal vive o problema. Todos tomaram conhecimento da carta enviada pelo grêmio à Direção e estão ansiosos pela resposta.

Zito A turma já sabe que o negócio é com o Carecão?

Fábio Sabem e já estão revoltados. Gostei da Miriam.

Zito Eu também gosto dela. Muito boa!

Fábio Queria formar uma comissão para ir à casa do Ferreirinha. E o Alípio com aquela gordura toda estava berrando no pátio. O jeito que estão fazendo esse concurso para catedrático de Filosofia é bandalheira. Abaixo o Carecão!

Rafael Que sujeirada mesmo. E logo com o Ferreirinha. No tempo dele, era o mais querido, não era?

Fábio Se era! Um grande cara! E depois não é só isso, ele tem fama internacional, é autoridade mesmo, basta ler o livro dele!

Zito Vem cá, Fábio, é legal abrir concurso para professor catedrático já que o Ferreirinha está lá?

Fábio É legal e obrigatório. Mas não um concurso marcado com curto prazo. E com um cara apadrinhado que todos sabem que ganhará... Competente ou não!

Rafael E o grêmio não se mexe?

Fábio Como não?

Rafael Está certo, mandou uma carta advertindo a Direção, dizendo que é injusto afastar o Ferreirinha, marcando concurso com poucos dias de antecedência. Tudo muito diplomático. Mas de positivo o que é que se faz?

Zito Esse parece espanhol: "*Hay gobierno? Soy contra*!" Calma!

Fábio Esperemos a resposta e depois ajamos. Pode ser que eles esclareçam tudo. Eu não acredito... Mas...

Zito E logo protegendo o Carecão. Ô sujeitinho antipático. Rosado, gordinho, baixinho, burrinho, advogado de cadeia. Vive de politicalha, desde aquela época em que foi secretário não sei de quê. E um cara desses quer botar pra fora logo quem... O Ferreirinha.

Rafael Pois é! O grêmio precisa ser mais positivo... Com essa gente, conversa só não adianta...

Dória (*Entrando*) Que é? Esse cara está querendo botar fogo na faculdade?

Rafael Não... Mas quero dizer que estamos muito moles... O negócio é agir, não é com mas-mas, não é!

Fábio (*A Dória*) Dória... Você agora virou vedete!

Dória (*Imitando pose de vedete*) Eu? Por quê?

Fábio Todo mundo pergunta: e o Dória? Ele vem hoje aqui? Já chegou a resposta da carta? Já fez algum plano? Já conversou com o Diretor?

Rafael (*Na mesma sequência de perguntas*) E você não vai telefonar?

Fábio (*Interrompendo-se*) Telefonar a quem?

Dória Ah! Um caso de amor... Felizmente superior a todas as lutas e dificuldades de um reles centro acadêmico!

Zito (*A Rafael*) Isso, meu jovem, chama-se... (*Pegando o cotovelo*) Dor de cotovelo!

Rafael Deixa pra lá... Não vai telefonar.

Zito Calminha, velho. Marcamos o telefonema para quinze para as quatro, portanto aquieta-te!

Dória — Bem, minha gente... Portanto para a luta! Tchau...

Fábio — Você acha que a tal carta vai dar resultado?

Dória — Quem sabe? A resposta da direção resolverá! Hoje ela vai ser discutida!

Rafael, Fábio e Zito — (*Exclamam ao mesmo tempo*) O quê?!

Dória — Pois é... A carta já chegou! Hoje a reunião não vai ser brinquedo, não!

Fábio — Não sei não. Mas esse negócio logo às vésperas dos exames é capaz de dar um bolo!

Rafael — É bom que dê mesmo!

Dória — Se der, o jeito vai ser aguentar, meu velho! O desmascaramento da malandragem não deve ter agradado muito o Diretor e sua turminha... A resposta vem que vem fuzilando! Tchau... (*Sai*)

Zito — Inté...

Rafael — Té logo...

Fábio — Boa sorte!

Zito — (*Berrando para fora*) Eu passo depois lá... Se a Lisa deixar!

Fábio — Ah! Então a nova conquista tem o nome de Lisa!

Zito — É sim, senhor!

Fábio — E ela ama os dois ao mesmo tempo?

Rafael — O quê? É festa agora? A minha é outra! O negócio dessa vez é muito bom: seguro e eficiente!

Fábio — Aposto que a outra se chama Mona! Assim vocês podem fazer: (*Cantando*) Mona...lisa, Monalisa!

Rafael Zito, isso também é o que você disse. (*Aponta o cotovelo*)

Zito Perfeito. Dor de cotovelo.

Fábio Pelo contrário. Sinto-me saltitante de alegria por saber que vosso coração encontrou regaço. Exulto em saber que se transformam em homenzinhos. Hoje não brincarão de casinha, de comidinha... Mas sairão com moças... Grandes progressos.

Rafael (*Para Zito*) Sujeito insosso!!!

Fábio Parece que estou vendo a sublime Lisa: morena, cabelos longos e sedosos, braços roliços, olhos verdes, vesga, manca, com uns adoráveis tiques nervosos, ausência absoluta de dentes. O poeta diria: a imagem da lua feita mulher...

Zito Sua mãezinha era assim tão bonita?

Fábio (*Bem triste*) Infelizmente possuía todos os dentes e não tinha tiques nervosos.

Rafael Deixa esse cara falar sozinho e vai telefonar, vá!

Zito Vamos, vamos, vamos...

Fábio Apresse-se, meu jovem. Ligação para o Parnaso é sempre demorada. As musas adoram fazer esperar!

Zito A sua curtura me imporga!

Rafael E então telefona! Vá!

Zito Seja feita a vossa vontade. (*Vai ao telefone*)

Fábio (*Murmurando*) Minha Lisa... Minha Lisa. (*Aproxima-se de Zito, segura-o pelo braço*) Calma, velho. O momento é trágico... O nervosismo só poderá atrapalhar...

Zito (*A Rafael*) Sujeito gozado, não?! Alô, donde falam? Como? Da casa de quem? Empório! (*A Rafael*) É empório!

Rafael E daí, vai ver que ela mora em empório! Fala com o homem!

Fábio Mora sim. Tem cara de cebola!

Zito Não é homem, é mulher!

Rafael Fala com a mulher.

Fábio É muito mais gostoso!

Zito Alô. Eu quero falar com a Lisa! Senhora? Não... Tem sim, mora aí sim. Não, senhora... Sim, senhora, ... Não, senhora. Um momentinho. (*A Rafael*) Fala com ela...

Rafael Ah! Desliga, desliga... Será que você errou o número...

Fábio É bem possível. Decorar seis números de uma só vez requer esforço.

Zito Você não tem nada pra fazer, hein?

Rafael Qual o número, deixa que eu disco.

Zito Toma, vá! 34 27 33

Fábio Não se esqueça, meu amigo: meia, meia, meia dúzia, seis, meia, um.

Zito (*Gesto de impaciência*) Êeeeeeeeeeee! Vá fazer alguma coisa, Fábio!

Fábio Estou ajudando, ora!

Rafael Alô, quem está no aparelho? Ah! Lisa. Como vai, aqui é o...

Zito (*Interpondo-se e arrancando-lhe o fone*) É o José Carlos! Como vai? Telefonei em cima da hora, não é? (*Pausa*) Saudades.

Rafael Pergunta pela minha.

Fábio Vê se alguma delas quer aprender filosofia.

Rafael Vê o nome da minha!

Fábio Arranja uma pra mim! A menos Lisa possível.

Rafael Anda Zito, vê o nome da minha. Não esquece de marcar encontro...

Zito (*Com o vozerio fora impedido de ouvir. Tapando o outro ouvido com a mão, grita*) Não, são meus colegas mais moços...

Rafael Pergunta pela MINHA!

Zito Você está aí com alguma colega? (*Pausa*) Ah! Sim, e como é o nome dela? Ah! Lindo! Marilena!

Rafael Marilena, Marilena, Marilena... (*Dá pulinhos*)

Zito Não, não tem dúvida... Estava estudando até agora...

Rafael Vamos sair, vamos sair!

Zito (*A Rafael*) Péra aí... (*Ao telefone*) Nada, nada, são eles aqui. Está, pois não! (*A Rafael*) Quer falar com você.

Rafael Alô, Lisa! Como vai? É, Rafael... Ora, é até um prazer falar com você. Vocês querem passear um pouco? A Marilena também! (*Pausa*) Eu? 1,83m, loiro, olhos verdes!

Fábio Quem é esse?

Zito Psssiu, deve ser ele!

Rafiei Querem ir ao cinema, ótimo! Sei. Lá no Art estão passando *O Selvagem*, com Marlon Brando![2] Ah! (*Desapontado*) Já saiu... (*Com uma ideia súbita*) Então, vamos ao Ibirapuera... Pois é, tem parque de diversão... Ah! É já fechou! (*A Zito*) Fala com ela, vá!

Zito Alô, Lisa. Não, infelizmente estou sem carro! Quem, o Rafael? 1,83m, loiro, olhos verdes? Só se cresceu de repente. Deixa eu ver... Não, não mudou nada!

Fábio Que coisa, hein, Rafael!

Rafael Você me paga!

Zito Está bem, iremos logo, logo. A Marilena vai também? Tchau, viu!

Rafael Ela vai?

Zito (*Voltando*) Vai, meu velho, apruma-te e vamos embora!

Rafael Pra onde?

Zito Navegar nas águas plácidas do lago da Aclimação!

Fábio Não esqueçam de levar *maiot*, aqueles barquinhos estão todos furados!

Rafael A Marilena bem que deve valer um banho!

Fábio Olha, com sinceridade. Lisa é nome típico de mulher feia. Geralmente sardentas... Você já viu alguma Lisa que não fosse sardenta?!

Zito Verei hoje. Mulher sardenta, só pode ter voz enferrujada. E a Lisa tem uma voz de veludo!

Rafael E a Marilena então, uff... Acho que eu vou voltar tonto...

2 N. das Orgs.: Filme *O Selvagem*, de László Benedek.

Fábio É, viagens de barco costumam dar enjoos. Esse negócio não vai dar certo.

Zito Sai, urubu, você quer é companhia. Quem não arrisca não petisca.

Rafael E esse trouxa fica em casa...

Zito E com a Verinha dando sopa! É um de nada mesmo! A menina se desmelingue, olha pra ele que parece torrão de açúcar... E ele em casa...

Rafael Você tem vergonhazinha, não é, Fábio?!

Zito Poeta é assim... Sonha, faz verso, mas de positivo, nada...

Fábio Por favor!... As relações estabelecidas entre mim e essa senhorita são estritamente comerciais, de aluna para professor.

Zito Não diga, sério? Professor que só ensina a filosofia do amor.

Rafael Vamos embora, essa moleza pega!

Fábio Não querendo dar agouro. Vocês vão tomar um banho desgraçado... E nos exames uma bomba dos diabos.

Zito Bomba!

Fábio Exame não se faz com boça, é preciso dar duro. Por que não passam a tarde de domingo aqui comigo, estudando...

Rafael Estude você que é ignorante, que se prepara às vésperas dos exames. Mas nós que nos dedicamos ao estudo desde o início de nossa existência conhecemos não só a morfologia, a sintaxe, a prosódia, bem como a fornologia, a namoralogia, a soologia e a fauna histórica da língua alemã... Não é alemão, além de nós, no máximo só os alemães? (*A Zito. Troca língua em alemão entremeando palavras da língua com puros rugidos e exclamações sem significação. À moda nazi. Gestos duros. Aproximam-se da porta! No final do troca-língua, saúdam-se qual nazistas*)

Zito — Hais hai!

Rafael — Hai Hitler, hai!

Zito — Hai, hai!

Rafael — Hai!

Zito — (*Segurando o pé*) Ai, ai, ai! (*Volta-se para Fábio*) Alfiderzain,[3] molenga!

Fábio — Que os fados vos sejam propícios!

Saem os dois. Fábio só, tira a gravata, desabotoa o colarinho lentamente. Atira o paletó sobre o sofá. Nota-se uma nuvem de tristeza em seu rosto. Aproxima-se dos livros, pega um ao acaso e atira-o com enfado para um canto. Liga o rádio. Num fortíssimo ouve-se a irradiação do final da partida. Com irritação Fábio gira o dial. Soam os acordes do concerto de Rachmaninoff. Enlevado, senta-se no sofá. Ergue a mão como se oferecesse um copo a alguém!

Fábio — (*Murmura*) Uísque ou champanhe? (*Deixa cair o braço. Murmura*) Verinha! (*Recosta-se pesadamente, sonhando*)

FIM DO 1º ATO

3 N. das Orgs.: Neste caso e nos anteriores, em que há referências irônicas a gestos e expressões em língua alemã que ficaram associadas a cumprimentos nazistas, manteve-se a grafia das palavras como no documento original.

2º ATO

Passou-se 24 horas. Um dia macio e morno. Segunda feira, 13h. A cena está vazia. Ouve-se uma campainha... Silêncio, a campainha volta a insistir, toca com certa impertinência e cala-se definitivamente. Verinha, que tocava a campainha, carrega livros. Verificando que nenhum dos habitantes da Pipa estava em casa, desiste e começa a se afastar, quando ouve de fora:

Zito (*De fora, chamando*) Opa...Verinha! Você por aqui?

Verinha (*De fora*) Já ia indo embora... Como é que vão?

Rafael (*Abrindo a porta, aparecendo em cena, veste-se esportivamente, tem uma cara agitada*) Você está aí há muito tempo?

Verinha Não. Cheguei agorinha mesmo. (*Entra em cena, vestindo uniforme*)

Zito (*Entrando em cena por último*) Pode desistir de aula hoje. O Fábio está muito ocupado. Todos nós estamos muito ocupados! Você não pode imaginar o que aconteceu!

Verinha A greve? (*Muda o tom*) Lá na escola, não se fala em outra coisa!

Rafael Não se fala outra coisa em sua escola?

Zito e Rafael, triunfantes, apertam as mãos.

Zito Viva! Entramos em greve hoje e todo mundo já sabe! Parabéns, rapaz!

Rafael Êta, grevinha batuta!

Zito	Êta!
Verinha	Hoje não é dia de aula não... Estavam falando tanto que eu só vim para saber o que está acontecendo!
Zito	(*Importante*) O que está acontecendo... O que está acontecendo!
Rafael	Revolução!
Zito	Um acontecimento muito grave!
Rafae l	Vai ficar na história!
Zito	A turma está embalada! Salve o XVII de Novembro![4]
Rafael	Salve!
Verinha	(*Sorrindo*) Salve!
Zito	Você está com muita pressa, Verinha?
Veza	Não, não... Eu chego em casa só às duas horas!
Rafael	Pois nós estamos. O trabalho é imenso. Precisamos telefonar para milhares de jornais de todo o nosso imenso continente!
Zito	(*A Verinha*) Senta um pouquinho... Lê uma revistinha aí!
Verinha	O quê? O negócio já vai para os jornais?
Rafael	E não é para ir? (*Rafael senta-se perto do telefone e pega a lista telefônica*)
Zito	A maior sujeira que já foi feita. Riscaram do planeta um professor como o Ferreirinha!
Verinha	Quem é o Ferreirinha?

4 N. das Orgs.: A data faz referência ao Dia Internacional dos Estudantes, criado em homenagem a um grupo de estudantes que lutou contra tropas nazistas na Segunda Guerra Mundial.

Zito Ulisses Ferreira, minha filha, você nunca ouviu falar dele? Quer prestar exames vestibulares e nunca ouviu falar no Ulisses Ferreira. Esse cara é o dono da Filosofia no Brasil, põe todo mundo no bolso. Vinha gente até da China pra assistir às aulas que ele dava lá na faculdade. Apesar de tudo isso, quando terminou o contrato, mandaram ele embora e nomearam o Carecão! E agora, abrem concurso pra professor catedrático para o Carecão ficar definitivamente com a cadeira!

Rafael Alô, é do Última Hora?

Zito Mas o Ferreirinha tem que voltar, ora se tem! E como catedrático...

Rafael Meu amigo... Aqui é um estudante da Faculdade de Filosofia Artur Campos. Sim... Do grêmio XVII de Novembro. Nós acabamos de decretar greve e queríamos saber a que horas uma comissão de nosso grêmio poderia visitar o jornal, para expor o que está acontecendo...

Zito (*A Rafael*) Rafa, marca para depois das quatro. Às duas tem reunião com o Dória.

Rafael Às 4 e 30 é possível? Está ótimo! Falar com quem?... Pois não. Estaremos aí sem falta! Muito obrigado (*Desliga o telefone e anota o horário combinado*) O último jornal já está avisado!

Zito Mais uma missão cumprida, viva!

Verinha Mas explica direitinho, o que está acontecendo com o XVII de Novembro? O Ferreirinha não é melhor que o Carecão?

Rafael Claro, pelotas!

Verinha — Então por que é que o Carecão é que vai ser o professor catedrático e não o Ferreirinha?

Zito — Apadrinhamento barato, minha filha!

Rafael — Pouca vergonha! O Diretor da augusta faculdade e o Carecão são amiguinhos do peito. O Ferreirinha foi professor contratado da faculdade e adorado por todo mundo. Mas há dois anos, quando terminou o contrato, o Diretor botou ele para fora e nomeou quem? O amiguinho do peito, o Carecão. Agora, morando na ausência do Ferreirinha que foi pra Europa fazer uns trabalhinhos, abriram concurso pra professor catedrático com dois meses de prazo, sabendo de antemão que o Ferreirinha que voltou há poucos dias da Europa não teria tempo de se preparar pro concurso, deixando o caminho livre pra quem? Pro amiguinho do peito, o Carecão! Sujeira!

Zito — E o amiguinho do peito que quer pegar a mamata está se preparando há mil anos para o concurso. É importante hoje em dia ser professor catedrático! Dá voto pra chuchu. O grêmio protestou contra o prazo, é lógico, pedindo com muito carinho, muito jeito, mas com muita energia que o prazo marcado fosse dilatado pra dar oportunidade a pessoas ilustres como o Ferreirinha.

Rafael — A única coisa certa nesta história, é que na realidade as Faculdades precisam formar seu corpo de catedráticos!

Verinha — Mas não desse jeito!

Zito — Claro! E nós descemos protesto em cima deles e aproveitamos para exigir melhorias nas instalações da faculdade. Ganhou do governo um bruta terreno para isso, que os alunos ganharam, depois de muito barulho! E não se mexe. Agora é oito ou oitenta. Você vai ver o ano que vem que brinco vai ser aquela faculdade!

Rafael — E graças à greve!

Zito — O Diretor e a turminha querida da congregação, a mesma que marcou o prazo de dois meses, dignou-se a responder ontem ao nosso protesto! Sabe como? Desandando com o grêmio, exigindo que o grêmio se desculpasse pelas palavras injuriosas. Como se um protesto, e muito decente, como o nosso, fosse injurioso! Tirando-lhe a autonomia, veja só! Sem autonomia o grêmio deixa de existir, quer dizer, riscaram o grêmio do planeta. Não pode se pronunciar, não tem mais nenhum direito dentro da faculdade. É isso que eles fizeram, entendeu?

Rafael — E daí então a histórica, memorável, ou melhor, a imorredoura assembleia, que durou quatro horas, quando então decretamos greve... Por unanimidade! Foi bonito, não, Zito?!

Zito — Se foi! Viva o XVII de Novembro!

Rafael — Viva!

Verinha — Lá na escola soubemos logo! Parece que o grêmio de lá está querendo dar apoio!

Zito — Você devia ter visto o Dória! Fez um relatório demonstrando por A + B a inconstitucionalidade da decisão da Diretoria!

Rafael — Bancou até o poeta. Disse assim: um grêmio sem autonomia é uma árvore sem raízes! E foi aquela palmaria. A sala quase que vem a baixo nessa hora!

Zito (*Orgulhoso*) Eu e essa besta pedimos dois apartes!

Rafael Que aparte nada... Você disse só: apoiado!

Verinha E os exames?

Rafael São daqui uma semana, minha filha!

Zito Oh, Verinha querida, entenda. Os malandrotes se aproveitaram justamente disso. Pensaram que com a proximidade dos exames nós iríamos nos enfurnar nos livros, enfiar o rabo entre as pernas e ficar de biquinho calado, deixando a malandragem à solta. Mas o tiro saiu pela culatra! Eles devem estar loucos da vida!

Verinha A turma vai aguentar a greve, deixando de fazer os exames?

Rafael É claro que sim, Verinha. Se a gente fraquejar um minutinho, nós perdemos a autonomia, o ano, perdemos o diabo. Eles têm que recuar! A gente precisa é desmascarar publicamente toda essa safadeza. Nós estamos por baixo... Mas é só por enquanto. A virada vem logo.

Zito E vai ser em cima do Carecão, do Diretor e de todo o resto da turma...

Rafael Eles vão nos dar autonomia, novas instalações, pontapé no Carecão e abono de falta! E olha aqui, se a greve entrar pelos exames, eles vão dar exame depois!

Zito Tudo isso e o céu também!

Rafael O pior é o trabalho que dá! Propaganda vai para rádio, e é jornal... Faixa para pendurar, cartazes... Tive até que deixar a minha Lisa!

Zito Sua uma ova, meu amigo!

Verinha Conquistadores, hein?

Zito Conquistadores outra ova. Conquistador! Quem conversou com a menina fui eu, quem saiu com ela fui eu, quem sonha com ela é ele!

Verinha Verdade, Rafael?

Rafael Terceira ova!

Zito Terceira ova, quarta ova! A menina é minha!

Rafael Sua hoje, minha amanhã!

Verinha É um dia para cada um, é?

Rafael Não, no primeiro dia eu saí com a Marilena, que, confesso, é um pouco feinha... Mas a Lisa olhava só para mim!

Zito Com piedade, meu velho... Coitadinha, condoeu-se da sua triste figura...

Rafael Olha aqui... Eu te garanto... A Lisa está no papo...

Zito (*A Verinha*) Verinha... Você acha que alguma menina pode se apaixonar por isso aí? Tão desconsolado coitado, e o pior é o desengonçamento...

Verinha Pois eu não acho!

Rafael (*Triunfante*) Morou? A Lisa é completamente minha!

Zito Ela é minha!

Rafael Minha!

Zito Minha!

Rafael Minha!

Zito faz uma pequena pausa. Olha marotamente para Verinha.

Zito (*Bem melado*) E o Fábio, de quem é?

Rafael (*Compreendendo a brincadeira do companheiro*) É da Verinha!

Zito Que é tão bonitinha!

Rafael Que é muito boazinha!

Verinha (*Curiosa*) Olha... Eu acabo ficando encabulada!

Zito Vamos ler os versos que o Fábio fez pra ela!

Rafael Vamos! "Quando eu a vi: branca e moça no quadrado da janela, sonhei com vida, sonhei com amar, sonhei com ela!"

Verinha Isso é pra mim?

Zito (*Imitando o espanto*) Ela não sabia!

Rafael E os seus, onde estão?

Zito Onde, senão no coração?!

Rafael Infelizmente essa greve vai atrapalhar o lindo idílio que se desenha. Vai ficar sem as aulas de Filosofia durante algum tempo... Faço votos que seja mais breve possível!

Verinha O Fábio também está ajudando?

Zito Não, não! O Fábio é um palerma! Dormiu durante a assembleia toda.

Rafael Teve uma hora que pediram para ele roncar mais baixo...

Verinha (*Desapontada*) Ah, não brinca...

Zito Ih, já vai fazer biquinho de choro. Está bom, vá lá, que seja... Você pensa que foi só o Dória que deu *show* na assembleia? O Fábio fez um bonitão...

Rafael Entusiasmou todo mundo!

Zito — Tinha uma turma do último ano que não topou muito a greve temendo que ela atrapalhasse a formatura! Deram para trás mesmo! O pior foi que alguns colegas pareciam querer ir na onda. O negócio ficou feio...

Rafael — (*Exagerando o tom*) Surgiu então ele, Fábio...

Zito — (*No mesmo tom emocionado de exagero do colega*) Avançou Fábio por entre a multidão suarenta, que se acotovelava na sala histórica. Passo a passo em meio a um tenebroso silêncio, galgou os três degraus que o separavam da tribuna. Assomou-a impávido e com uma voz segura, calma, confiante, clara, disse: (*Faz a marcação de imitação*) "em horas tais qualquer recuo ultrapassa a covardia, para encontrar a completa desonra!" (*Rafael faz ruído de multidão que aclama com a boca e com aplausos*) Fábio animava a todos com a confiança que incutia. Pouco a pouco os que recuavam, avançavam... Os que temiam, confiaram... Antes que se escoassem os quinze minutos de tempo, jogou do alto da tribuna a palavra de ordem que passou a ser a bandeira da nossa greve... Da nossa luta! "Só venceremos se chegarmos à meta final, de mãos dadas!" (*Rafael novamente e agora com mais entusiasmo viva e uiva procurando reproduzir o delírio da assistência*)

Rafael — (*Quase berrando*) Desmaios... Uivos... Exaltação... Parecia Robespierre!

Zito — (*Enfático*) A autonomia do grêmio XVII de Novembro a partir daquele instante era um ponto de honra para todos! De mãos dadas!

Rafael (*Comovido*) E o Dória teve uma atitude linda: levantou-se do seu cadeirão e em meio a frenéticas palmas, abraçou o grande colega que tremia emocionado. (*Abraça Zito freneticamente*)

Verinha (*Abismada*) Verdade, é?

Zito Ora, se foi!

Verinha Puxa, gostaria de ter estado lá!

Rafael Pode estar certa de que foi um privilégio assistir aquela assembleia...

Verinha E os do contra... O que disseram...

Zito (*Interrompendo Verinha logo ao ouvir falar em do contra*) Nessa altura não havia mais ninguém do contra. De mãos dadas! Todos queriam participar da Comissão de Greve. Em meio a um entusiasmo louco ela foi eleita! O grêmio está em assembleia permanente até que sua Diretoria seja novamente reconhecida. Eu e essa besta participamos da reunião da Comissão! Somos do grupo propagandista!

Rafael E como dá trabalho!

Zito (*Desanimado*) Esse aí nasceu cansado!

Verinha Mas deve dar um trabalho louco mesmo!

Zito Você hoje cismou comigo, hein! Tudo que eu digo, dá o contra... Não te leio os versos do Fábio!

Verinha E quem foi que disse que eu quero ler os versos dele?

Rafael Sua carinha de peixe morto!

Verinha Bobo!

Zito A essa hora eles devem estar dando um duro dos diabos e você desinteressada pelo Fábio. Não é justo!

Rafael (*Forçando a tecla do trabalho*) É mesmo... Essa greve dá um trabalho para todo mundo!

Verinha Ainda bem que vai dar trabalho também para o Carecão!

Zito Acho que agora como ele não tem cabelo, vai arrancar mesmo é a cabeça!

Batem na porta.

Dória (*De fora*) Abre-te, ó Pipa!

Batem na porta. Zito e Rafael trocam olhares como se quisessem dizer: "Será que esses caras vão fazer barulho todo o resto da vida?"

Fábio (*De fora*) Por que se trancam? Juro que não é polícia!

Dória (*De fora*) Abram ou senão eu atiro!

Rafael (*Alto*) Chegaram as gracinhas!

Zito (*A Verinha*) Ei-lo que chega, Verinha!

Rafael Passa batom. Passa batom!

Dória e Fábio batem na porta outra vez.

Dória (*De fora*) Pode ser ou está difícil!

Zito Já vai. Já vai. A pressa é inimiga da perfeição!

Abre a porta. Entra Dória com uma pasta onde devem se encontrar diversos documentos. Fábio entra logo atrás e quando depara com Verinha fica um pouco encabulado.

Zito *Viva el presidente*!

Dória Viva a autonomia!

Rafael De mãos dadas! De mãos dadas!

Zito (*Malicioso*) Fábio... Hoje não é dia de aula de Filosofia... Mas...Veja quem está aqui!

Fábio Olá, Verinha. Como vai?

Zito e Rafael encostam-se um no outro apreciando a cena.

Verinha Eu vou bem e você?

Fábio Eu também vou bem!

Zito E você, Rafael, como vai?

Rafael Bem, e você?

Zito Eu também vou bem, e você?

Rafael Eu vou bem, com falta de assunto, bem!

Verinha Bobos. Como vai, Dória?

Dória Muito cansado!

Rafael É o que eu estava dizendo a pouco, isso dá um trabalho!

Dória As tartarugas telefonaram para o jornal?

Zito Missão cumprida, capitão! (*A Rafael*) Praça Rafa, informe o nosso Capitão!

Rafael Última hora: 4h30, Folhas: 6h00, Diários: 7h30, e as notas para os outros jornais já foram distribuídas!

Fábio (*Depois de ficar tentando arranjar qualquer coisa para dizer para Verinha*) Você viu, Verinha? Que bolo?

Verinha É, eles me contaram... Disseram que você falou na assembleia!

Zito Puxa, se falou!

Rafael Como gente grande!

Fábio Disse o que sentia, deu certo!

Verinha (*Sorrindo*) Então eu vou ficar mesmo sem a minha Filosofia?

Fábio Isso é que não... Nunca! Mais algumas horas e estaremos festejando a vitória! Com a autonomia do grêmio não se brinca!

Verinha (*Está disposta a falar com Fábio*) Se durar muito, o Rafael fica sem a Lisa!

Zito Eh, que Rafael que nada! Eu...

Dória Pelo que vejo, vocês contaram todas as suas vidas para a Verinha!

Zito Capítulos... Capítulos esparsos!

Dória Bem, gente. Vamos trabalhar!

Rafael Mais...

Fábio Greve não é pic-nic não!

Rafael Já sei... Já sei: de mãos dadas. O pior é que quem puxa o cordão sou eu!

Zito Você pode no máximo é puxar cordão de sapato!

Dória Vamos, pessoal!

Rafael Vamos aonde?

Dória Dividir o trabalho, velho! Tem uma porção de coisas novas para fazer. Eu e o Fábio nos entendemos com diversos presidentes de grêmios que já prometeram apoio e vão realizar assembleias... O negócio agora é propaganda, temos que participar ao povo o que acontece... Temos que fazer a cobertura das autoridades... Puxa! Lápis e papel e mãos à obra. (*Cada um arranja papel e lápis e senta-se para reunião*)

Verinha (*Pegando os livros que deixara quando entrou em cima de qualquer lugar*) Bem, então eu já vou indo!

Rafael O que? Não... O Fábio vai se derreter em prantos... (*Riem*)

Zito (*Triste*) Deixá-lo-á só e abandonado?

Verinha Ele fica com vocês, ora! Amanhã eu posso vir para a aula, Fábio?

Fábio (*Não sabe bem o que responder*) Não sei, Verinha. Acho que não vai dar tempo!

Dória Não vai ter aula não, senhor... Mas vai continuar a greve. Esteja aqui amanhã depois da sua aula com os dedinhos prontos para maltratar uma máquina de escrever!

Verinha (*Animada*) Está bem... Eu venho sim! Bem... Até logo para todos!

Zito (*Dramático*) Ah! Assim não! Vocês acham que eles podem se despedir tão friamente? (*Referindo-se a Verinha e Fábio*)

Rafael Acendam um fósforo!

Fábio Qualquer dia desses vocês acordam mortos e afogados...

Zito Pelo menos um apertinho de mão! (*Conduz Fábio para perto de Verinha. Rafael une as mãos dos dois*) Agora, um abraçozinho... (*Os dois riem das palhaçadas de Zito*)

Fábio Até amanhã, Verinha!

Zito Se você não dá o abraço, eu dou ora! (*Abraça Verinha*)

Dória E eu espero!

Verinha sai.

Rafael Vamos... (*Num lamento*) Ao trabalho!

Dória Bem, pessoal. O Diretor da faculdade estava convencido de que íamos recuar em vista dos exames, como não deu certo, mandará afixar o horário dos exames hoje mesmo para refrescar a nossa memória. O que está claro é que eles têm que persistir no desejo de empurrar o Carecão na cátedra de Filosofia. Ele é o único candidato. Caso contrário eles se desmoralizam sozinhos sem os nossos préstimos. Quanto ao grêmio, oficialmente é dito que lhe tiraram a autonomia por causa dos termos injuriosos da nossa carta. Mas a verdade é outra. Tiraram-nos a autonomia para anular qualquer atitude legal nossa e evitar que a Congregação, com todos os seus membros, pudesse ter contato conosco e saber o que na realidade está acontecendo. Uma coisa é batata: legalmente não representamos mais nada.

Zito Puxa vida. Isso não é justo!

Dória É mais do que ilegal uma atitude dessas. A lei que defende a autonomia dos Centros Acadêmicos é clara...

Fábio O Dória citou essa lei na assembleia... Lembram-se?

Rafael E o que é que ficou decidido?

Dória Espera aí, vejamos: ou o Diretor recua em sua atitude novamente, reconhecendo o grêmio, o que seria horrível para ele e companhia; ou então mantemo-nos inabaláveis em defesa da autonomia e contra esse concurso entre paredes, desmascarando publicamente toda a safadeza apoiando-nos na tal lei que nos protege, até obrigá-los a recuar!

Rafael Boa!

Zito Então eles vão ter que se demitir?

Fábio Parece que é a única solução!

Zito Então... Demissão para eles!

Dória Mas, enquanto eles não se demitirem a parada vai ser dura. Usarão todos os meios para nos amedrontar, ameaças e mais ameaças. O jeito, então, é esclarecer todo mundo, conseguir apoio do maior número de entidades possível. O Fábio tomou nota do plano elaborado na reunião!

Rafael Diz aí!

Fábio Segundo o plano o essencial é: finanças e propaganda. Finanças para viagens ao interior para entrar em contato com as Faculdades de lá e para pagar todo material de propaganda, que servirá para conseguir o apoio de rádios, jornais, demonstrações de rua... etc... Por enquanto, o que temos de mais importante é a passeata muda de protesto que sairá do Largo São Francisco... Aí vem outro trabalho que é o de visitar as demais Faculdades para conseguir que o maior número de estudantes possível compareça. Quanto à parte jurídica; visitas sobre visitas às autoridades, e o mandado de segurança contra a retirada de nossa autonomia. Para isso já tem uma Comissão especial!

Zito Está tudo muito certo, mas o que é que nós fazemos?

Dória — Ajudarão na propaganda! Às 4 e 15 no grêmio para visitas aos jornais...

Zito — (*A Rafael*) Veja só, Rafa... Justo na hora do encontro com a (*Marca bem*) minha Lisa!

Rafael — Quanto trabalho... Nossa! E o Wagner tá flanando!

Fábio — Até que é bem gostoso dar uma lição nesse pessoal! (*Toca a campainha da porta*)

Zito — (*Cantando a música "O que será, será"*) Quem será?

Dória — Eu... Se fosse você... Ia dar uma olhadinha!

Zito — (*Levantando-se para abrir a porta*) Pois não, comandante!

Rafael — Quem mais vai fazer visitas aos jornais?

Fábio — As Comissões devem ser de cinco elementos pelo menos... Vocês pegam quem estiver lá no Quartel General.

Rafael — De mãos dadas... Parabéns, o negócio pegou mesmo!

Zito — (*Volta com uma cara e com um jeito empoladíssimo*) Com licença?

Dória — O que é que há? Que cara é essa?

Zito — É a cara do sujeito que está aí fora!

Rafael — O quê? É agente funerário?

Zito — (*Voltando ao normal. Agitado*) Quase, velho... É o Camilo. Secretário da nossa Faculdade!

Dória, Fábio e Rafael — (*Ao mesmo tempo*) O quê?

Zito — (*Voltando a imitar o personagem*) Senhor Camilo Lopes em pessoa... Que se diz representante da

Digníssima dileta faculdade Artur Campos e que quer falar com nosso Presidente!

Rafael (*Batendo palmas*) Palmas nele!

Dória Manda o homem entrar... (*Para os colegas*) Nada de piadas, hein, pessoal!

Zito, que voltara para a porta, entra acompanhado de um senhor de meia idade. É o senhor Camilo Lopes, bem vestido. Seus modos lembram perfeitamente a imitação de Zito. É empolado. Na sua insignificante posição de joguete de um diretor inescrupuloso, ele se sente envaidecido. Tem um ar paternal, que, porém, não consegue esconder a sua posição: um defensor consciente de uma causa que não é justa (talvez parecido com Pena Boto).[5] *Ao entrar, entrega o chapéu para Zito. Este, não sabendo onde colocá-lo, entrega-o para Rafael, que se levanta para receber a triste figura. Rafael displicentemente atira o chapéu tão cuidadosamente entregue a Zito sobre a mesa.*

Camilo Boa tarde, senhores.

Todos Boa tarde... Sim, senhor... etc...

Camilo Qual dos senhores é o Presidente do Centro Acadêmico XVII de Novembro?

Dória Sou eu!

Camilo Muito prazer, meu jovem! Eu, como lhe deve ter informado seu colega, represento aqui a direção da nossa faculdade!

Dória Pois não. Faça o favor de sentar-se, seu Camilo.

5 N. das Orgs.: Carlos Pena Boto foi um militar da marinha brasileira que fundou na década de 1950, junto com outros militares, a Cruzada Brasileira Anticomunista.

Camilo — (*Sentando-se*) Muito obrigado. Estou à sua procura; meu jovem, já há algum tempo. Estive na sede do Centro Acadêmico onde então obtive o seu endereço. Lá fui informado que iria encontrá-lo reunido com seus colegas de quarto. Peço desculpas, portanto, se vim importuná-los. A nossa reunião já tinha terminado. (*Marcando levemente. Procurando uma entonação parecida com aquela que tem caracterizado o novo personagem*) Meu caro senhor, estamos a seu dispor.

Fábio — Se a conversa for particular... Nós já estávamos de saída!

Dória — Absolutamente... Eu quero que vocês fiquem!

Camilo — É até melhor. O assunto que me traz aqui exige o maior número possível de estudantes.

Fábio — Sendo assim... (*Senta-se*)

Camilo — Bem sei que a minha presença aqui pode acarretar um ligeiro constrangimento. Constrangimento este determinado pelos acontecimentos que sacudiram a faculdade esta manhã.

Zito — (*Gozando*) Realmente... (*É fulminado por um olho de Dória e fica quieto*).

Dória — Pelo contrário, senhor... Senhor Camilo Lopes... Os estudantes têm vivo interesse em conhecer o pensamento da direção da faculdade a respeito da greve.

Camilo — Exatamente isso... A greve! Palavra um tanto chocante!

Rafael — Mas real, não é?

Camilo Infelizmente, meu jovem. Devo dizer-lhe que venho aqui não só como homem ligado à Diretoria, mas também como um amigo de vocês... Permitam que eu assim os chame.

Dória Ora, pois não!

Camilo Tenho a impressão que a experiência advinda dos diversos anos de contato que mantive com os jovens estudantes me autorizam a falar-lhes assim.

Zito É...

Camilo Essa mesma experiência permite que eu analise os fatos com mais ponderação, tão difícil de ser encontrada nesta idade verde, que tão facilmente se empolga pelas causas que defendem...

Rafael (*Um pouco picado*) Sempre nobres causas.

Camilo Principalmente quando são analisados com mais calma, com mais frieza! Uma dessas causas que não teve a suficiente análise... Tenho impressão! E a que vocês atualmente defendem?

Dória Por quê?

Camilo Porque existem nela duas falhas que poderão abatê-la pela raiz. A primeira: a falsa interpretação real do pensamento da direção da Faculdade e a segunda a precipitação dos meus jovens que poderá acarretar danos para os seus futuros colegas!

Dória Mas existe um real pensamento da direção da faculdade?

Camilo Como?

Dória Explico: o real pensamento da direção da faculdade não ficou claro no conteúdo da carta que nos foi enviada.

Camilo Conteúdo esse que espelhava fielmente a única atitude que poderia ser tomada diante de uma missiva, digamos, tão pesada em termos... Apesar de compreensiva partida como foi da pena de arrojados jovens que como já disse facilmente se deixam empolgar!

Rafael Pois não!

Camilo A Diretoria nada mais desejava do que servir ao encontro dos interesses do próprio corpo discente, que será o único a lucrar com a criação de um corpo de catedráticos devidamente credenciado após a realização de concurso.

Dória Mas um concurso marcado apenas com um tempo diminutíssimo...

Camilo Creio que aí está a precipitação, pois o tempo não fora dado a público, como também não fora dado a público a abertura do concurso. (*Sorri confiando na sua diplomacia e na sua argúcia. Certo de que estas provas são irrefutáveis*) E o segundo ponto que vim debater com os senhores, tange aos seus futuros colegas...

Zito Tange, é?

Camilo Perfeitamente! Sei que vocês não são egoístas, pois o egoísmo raramente habita em corações juvenis. A sorte de seus futuros colegas, que se preparam para um exame vestibular tão reconhecidamente espinhoso, se apresenta um tanto negra em virtude de vossa posição. Pois estando os alunos em greve, tais exames não poderão ser realizados, isto deve preocupá-los sobremaneira. Em greve não há promoção. E os nossos alunos ficarão no mesmo ano, impossibilitando assim que outros ocupem seus lugares. Nisto, creio, vocês não pensaram?

Zito (*Gozando*) É mesmo, hein?

Dória Creio que o pensamento de nossos futuros colegas já está explícito nas dezenas de apoios que devemos receber dos grêmios secundários!

Camilo Exatamente! Disse bem: devemos! Não é certo, pois não?

Dória E além de tudo não só pensamos neles, como deixamos de pensar em nós, pois, pelo visto, a greve entrará pelo período dos exames!

Camilo Permita que eu lhes diga que discordo de vossa maneira de encarar os fatos. A imaginada nobreza da causa que defendem vos cega. Não permite que enxerguem os prejuízos que a atitude que tomam acarretará não só a vocês como também a faculdade!

Zito A faculdade vai ter muito prejuízo, sim!

Camilo (*Certo de que pode ganhá-los*) E vocês de igual forma. Procurem por um instante abstraírem-se do que imaginam de belo e de aventureiro nisso tudo, para objetivarem a realidade... A direção absolutamente nada tem contra vocês, pelo contrário, os admira. E quer novamente viver em paz com todos vocês não só pelo progresso da faculdade como principalmente para o vosso bem! Sendo os Diretores homens experientes, nada mais pedem do que, longe de recuar, vocês ponderem, apenas ponderar, o que não é fácil. Apenas uma retratação quanto aos termos injuriosos a nós dirigidos e tudo se resolverá da maneira mais satisfatória. (*Existe um certo constrangimento por parte da turma de rapazes que incita o representante*) E para demonstrar-lhes o quanto a direção compreende sua atitude e quanto os estima, afiançο que uma vez normalizada a situação, em vista dos prejuízos acarretados por esse triste fato, ao estudo de vocês, a direção estará disposta a, através da Secretaria, cujo titular sou eu, a reconsiderar a rigidez da nota dos professores, que não têm conhecimento exato da dificuldade que terão em se preparar em tão difícil contingência...

Fábio (*A Dória*) Isso tudo, trocado em miúdos, tem o feio nome de suborno!

Camilo (*Que não contava de maneira nenhuma com tal reação*) Mas...

Zito Isso não se faz, seu Camilo! (*Que tal camelo*)[6]

Camilo Perdoem. Talvez...

Rafael (*Cortando*) Não há talvez, não... O fato é fato!

Dória (*Que esperava para ver até onde chegava a audácia desta corja*) Meu amigo, saiba que ao tomar essa atitude não o fizemos com a cabeça ao vento, mas sim possuidores de fatos concretos. (*Tira da pasta um papel*) Eis aqui a cópia da ata da reunião da Congregação que foi feita às pressas e com um mínimo comparecimento, só estando presentes os professores de um ou de outro modo mais ligados ao Diretor; e esta ata diz claramente que a abertura do concurso para professor catedrático seria feita com

6 N. das Orgs.: Manteve-se o texto da rubrica como no original. Optamos por não alterá-la, pois pode haver diferentes interpretações para seu uso: indicar uma fala dirigida aos outros personagens em cena, indicar o tom com que o personagem pronuncia o nome de Camilo, marcando a semelhança do nome do personagem com o do animal camelo etc.

o escandaloso prazo de dois meses. Infelizmente, para nós, quem propôs esse prazo foi justamente o DD. Diretor de nossa augusta faculdade, que o senhor infelizmente tem a honra de representar. Adiantamos ainda que o professor Ferreira cumpriu metade de sua existência na cadeira de Filosofia e sendo um homem não só capaz e íntegro, como também um dos nossos mais sinceros amigos, não vemos razão nenhuma para que ele seja tão estupidamente afastado!

Camilo Perdão, mas...

Dória E já que o senhor fala em ponderação, senhor Camilo, seria mais lógico e ponderado, veja bem, ponderado, senhor Camilo, que a Diretoria, antes de tomar a medida antidemocrática de retirar o seu reconhecimento ao Centro Acadêmico, viesse conversar conosco, como o faz o senhor agora, para nos esclarecer de suas verdadeiras intenções. Mas já que essas intenções jamais poderiam ser esclarecidas diante de gente honesta, taparam nossa boca escudando-se nos exames que tinham certeza que impediriam, pelo medo de perder o ano, um pronunciamento mais incisivo dos alunos. Mas se enganaram, senhor Camilo, se enganaram. O passo dado contra nossos mais sagrados direitos foi muito arrojado. E ainda mais, pode ficar certo de que numa assembleia em que dezenas de estudantes se reúnem para discutir e resolver seus problemas, as decisões ali tomadas não podem ser vãs, nem com o pé na lua... Mas sim, ponderadas como o senhor diz... (*Crescendo*) E não pense, de maneira nenhuma, que palavras empoladas nos desviem de nosso caminho.

O suborno com o que o senhor nos tenta, Senhor Camilo Lopes, não encontra eco entre jovens, mas sim repulsa! (*Levantando-se, dando por encerrada a entrevista*) Passe bem!

Os outros pronunciam exclamações de júbilo pela intervenção de Dória. Depois fazendo grande algazarra como: "Que coisa, seu!". Exclamações em alemão! Reúnem-se em torno da mesa onde está o chapéu de Camilo Lopes. Pegam-no passando de mão em mão. Se aproximam de Camilo, atarantado em pé no meio da sala.

Fábio O seu chapéu (*Marca bem*) Cavalheiro!

Camilo furioso pega o chapéu e sai em baixo de uma chuva de gargalhadas e vaias. À saída de Camilo, Zito o imita, dirigindo-se a Dória.

Zito Perdão, meu jovem, não me interprete mal. Não é suborno, é tapeação!

Rafael (*Também imitando*) Procurem entender-me, meus jovens, eu sou um simples puxa do Diretor.

Dória Pessoal, mais uma vitória!

Zito Salve o XVII de Novembro!

Todos Salve!

Rafael Ele saiu fuzilando!

Todos fazem uma banda improvisada com pratos, surdo, trompete. E enquanto Fábio fala continuam no clima com o refrão: "Carecão, tem cara de bobão."

Fábio Agora é que vem o duro pessoal. Essa foi a última tentativa que fizeram para resolver o caso com bons modos. Ele veio aqui, preparado minha gente, conforme a nossa resposta eles assestam as baterias e jogam fogo na gente!

Zito — Nós viramos as baterias contra eles!

Fábio — Quanto maior a reação deles, melhor! Sinal de desespero. Sabem que greve de estudantes não é brincadeira, é recurso extremo, onde só há um caminho: vencer!

Termina a banda.

Rafael — De acordo, mestre!

Fábio — Agora a Diretoria vai ter contra ela os elementos da Congregação que ainda não tinham conhecimento de toda a trama. Agora é união mesmo, até o fim!

Zito — (*Dramático, para os céus*) E pode chover pedra! E desloquem-se céus e terras, mares e bombas atômicas. A nossa união servirá de capacete!

Dória — E pra aguentar o baque é preciso trabalho, turma! Estudante, quando quer, dá duro!

Zito — O Rafael que o diga!

Rafael — Eu reclamo, mas vou em frente!

Zito — Parabéns! O seu espírito de sacrifício me comove.

Fábio — Bem, gente, às quatro e quinze no grêmio para visitas aos jornais. A noite toda vamos ter que ficar lá preparando tudo, para que a passeata seja agora, mais do que nunca, gigantesca!

Rafael — E não se janta!

Fábio Se você sentir muita fome... Dá um pulinho até aqui e come qualquer coisa, ora. Mas não pode levar mais do que cinco minutos! (*Ri*)

Rafael Com tanto tempo, eu sou capaz de ter uma indigestão!

Fábio Minha gente! Para a luta que a vitória já está no papo! Abaixo o Carecão!

Todos Abaixo!

Zito Viva o glorioso, notável, insuperável, onipotente, XVII de Novembro!

Todos Viva!

O telefone toca. Todos na alegria precipitam-se para atender. Zito mais ágil consegue fazê-lo com bruta ênfase.

Zito Estamos falando diretamente da Pipa de Diógenes! Viva, Julieta! O que é que há?... Aqui é o Zito... Aquele simpático rapaz que estuda aí! (*Um pouco assustado*) O que foi? Saíram? Qual é o primeiro... (*Cortando*) O quê? Que filhas da... (*Morre a revolta e o palavrão na boca*) Essa gente... Nós vamos já para aí... Tchau... (*Desliga o telefone lentamente*)

Fábio Por que esse carão?

Dória Esse cara cismou que é gozador!

Rafael (*Fazendo cosquinhas*) Desembucha...

Zito Aquela canalha marcou o primeiro exame da faculdade inteira para o dia 17 de Novembro!

Rafael Dia 17 de Novembro? É o dia do grêmio... Sempre foi feriado! Mas que...

Rafael não consegue entender bem. Sente-se que todos sofreram rudemente o golpe. Novas armas de uma mala surgem para o campo da luta que eles não podem enfrentar diretamente. São armas que não conheciam, que não imaginavam fossem capazes de ser usadas. Fábio é o primeiro a reagir subindo numa cadeira, com uma força, com uma expressão até então completamente desconhecida.

Fábio — Vocês estavam esperando o quê? Doce de leite na boquinha? Eles falharam com bons modos, com suborno e agora entraram de pata. É o último trunfo deles. Muito bom, é verdade, se o presidente do Grêmio fica assim (*Aponta Dória abatido*), imaginem os outros, vão recuar ou então perder a cabeça, fazer besteiras que nos coloquem em choque com a opinião pública que é nossa mesmo. Nós temos mais é que ir para lá e mostrar que com este gesto a Diretoria dá provas cabais de que chegou ao auge do desespero. Precisamos continuar a luta pela nossa unidade. Vamos, minha gente... De mãos dadas... (*Todos aos poucos foram novamente se entusiasmando pela força dos argumentos e pela força de persuasão de Fábio*)

Dória — (*Aplaudindo*) Você tem toda razão, meu velho! O desespero é só deles... De maneira nenhuma é nosso! Nunca podemos esquecer que estamos com a razão! Vamos para o Quartel General do glorioso XVII de Novembro!

Todos — Vamos!

Dória — Tudo pela vitória, minha gente! (*Dirigindo-se a Rafael que animadamente também ia indo embora*) Rafael, fica um instantinho aí, para redigir uma circular aos jornais, comunicando a última delicada e virtuosa decisão da Diretoria. Vamos, gente!

Rafael rapidamente e com entusiasmo pega lápis e papel e apressa-se para escrever. Lá fora ouvem-se hips e hurras. A voz de Zito berra novamente o refrão da bandinha. Fábio, que é o último para sair, lembra-se de alguma coisa e volta para a sala dirigindo-se a Rafael.

Fábio — Rafael, velho, aquele negócio do aluguel já está resolvido. Quem resolveu foram os cartazes do Dória que vocês tanto gozam. Depois, quando der jeito, você acerta com ele.

Rafael — (*Emocionado com tudo que vem acontecendo e com mais essa*) Obrigado, velho! (*Fábio, que se aproximou bastante de Rafael, dá-lhe uma amistosa pancadinha na cabeça*)

Fábio — Eu te encontro lá!

Rafael — Obrigado, velho!

Fábio — Tchau...

Rafael — Tchau... Obrigado!

Fábio sai de cena. Rafael ainda olha um pouco para aquela porta onde passam tantos grandes colegas, que se ajudam e lutam de mãos dadas. Volta-se para o papel e quando começa a escrever as luzes põem um ponto final no segundo ato.

FIM DO 2º ATO

3º ATO

1º QUADRO

Estamos agora no quinto dia de greve do grêmio XVII de Novembro. São 4h da tarde. A cena está inundada de papéis que presumivelmente devem ser materiais utilizados durante o transcorrer da campanha grevista. Fábio está acabando de ditar uma carta a Verinha que escreve numa máquina de escrever. Zito roda um mimeógrafo ajudado por Rafael.

Verinha Como é, seus moles, já terminaram esse negócio?

Zito Só dá chefe aqui agora!

Verinha É isso mesmo, sou chefa! Como é que está este boletim?

Zito (*Subindo numa cadeira*) Lá vai... "Colegas estudantes! (*Rafael ovaciona*) Chegamos unidos ao 5º dia de greve. O movimento em defesa da autonomia do grêmio XVII de Novembro já não é só nosso; estendeu-se em meio a toda a classe estudantil que se solidariza conosco. Nosso povo nos cerca de simpatia esclarecido através dos materiais largamente divulgados. O entusiasmo guia nossa luta e a vitória nos parece próxima. A proximidade dos exames e a intransigência da Diretoria de nossa faculdade são obstáculos que devemos transpor com brevidade e arrojo. É necessário, portanto, redobrar nossos esforços, que o movimento se estenda ainda mais, forçando uma solução satisfatória para as próximas horas. As possibilidades de ampla vitória superam em muito as derrotas... Grande número de professores que ignoravam o sucedido, tomando visão do problema uniram-se aos estudantes e irão hoje, em numerosa comissão ao M. Reitor da Universidade para uma reunião da qual poderá depender a sorte de nossa luta... A caminho pois intransigentemente em defesa da autonomia dos grêmios estudantis!"

Verinha Muito bem! Muito bem!

Rafael Muito bem lido o manifesto, meu jovem. Por que não faz um teste para o rádio?

Zito E você, por que não faz um teste psicopatológico?

Rafael responde uma palavra qualquer em alemão como se quisesse dizer: "por que tão infeliz quando dá piada?"

Zito (*Voltando ao mimeógrafo*) Vamos acabar com isso logo!

Fábio Vamos tocar, gente, que isso precisa ir para as faculdades ainda hoje!... (*Ditando*) Sabedores do espírito democrático...

Rafael (*Girando o mimeógrafo e imitando a saída do papel*) Vlupt!

Fábio Que sempre norteou as atividades de vosso grêmio, não estranhamos a solidariedade hipotecada...

Verinha (*Parando de escrever*) A máquina de escrever é máquina, mas eu não sou não, senhor!

Rafael Vlupt... (*A Zito*) Ajeita o papel, sua besta!

Fábio E comprometemo-nos não desmerecendo vossa confiança...

Rafael Vlupt!

Zito (*Referindo-se ao papel*) Toma, Carecão!

Fábio Continuar intransigentes na defesa dos interesses estudantis...

Rafael Vlupt!

Zito Essa é pro Diretor!

Fábio Aproveitamos o ensejo para enviar as nossas mais calorosas saudações estudantis... Ponto.

Verinha (*Acabando de escrever*) Uff...

Rafael (*A Verinha*) Que uff? Que uff? Trabalho é esse... Estou até tonto... (*Dá uma rodada no mimeógrafo*) Vlupt...

Fábio Precisa bater mais cópias para os grêmios... Rafael, cadê a lista dos grêmios que hipotecaram solidariedade...

Rafael (*Furioso*) Você não quer que eu plante uma bananeira e assobie a *Traviata* tocando gaita?

Fábio Como é, meu velho? Você é ou não é o secretário da correspondência?

Zito Ele não é nada!

Rafael Vlupt! (*A Zito*) Sem gracinha! (*Vai buscar a lista. Zito continua no mimeógrafo*)

Fábio (*A Rafael*) Quantos são?

Rafael (*Contando*) Doze greminhos. Todos da capital, pra o interior já foi circular...

Fábio Verinha... Mais doze cópias!

Verinha Só?

Fábio Não brinca não, mocinha! O negócio é sério, hoje é o 5º dia de greve. Temos só mais dois dias para solucionar esse negócio, senão...

Rafael Estamos todos no pau!

Verinha Eu vou fazer as cópias.

Fábio Quer que eu dite?

Verinha Quero!

Fábio (*Começa a ditar novamente a carta que estavam acabando de bater*) Ex. Sr. Presidente, tendo recebido...

Zito (*Tenta virar a manivela do mimeógrafo e esta emperra*) Esta jaca encrencou!

Rafael É lógico, não sabe rodar!

Zito Então arruma, João Sabe Tudo!

Verinha (*Que não entendeu direito o começo do ditado*) Como é mesmo?

Fábio Tendo recebido... (*Verinha descansa e não escreve. Parece estar fadigada*) Você está cansada, não é? Dita que eu escrevo?

Verinha Não, não estou cansada, não! (*Escreve novamente*)

Zito (*A Rafael*) Achou o estrago, Mandrake?

Rafael Confesso que você escondeu muito bem! (*Rafael começa a examinar o mimeógrafo, enquanto Fábio continua a ditar sua missiva de 13 de novembro. Bota o dedo onde o papel do mimeógrafo é colocado*)

Neste momento, Zito, que também faz um exame na manivela consegue rodá-la um pouco.

Rafael Ai!... sua besta! Quer não atrapalhar!

Verinha novamente para de escrever.
Os dois continuam a examinar o aparelho.

Fábio (*A Verinha*) Você está cansada, sim! Deixa! (*Fábio pega as mãos de Verinha. Ela retira e continua a escrever, olhando o papel. Zito ao mesmo tempo em que Verinha retirou a mão, leva um tapa na sua por querer bisbilhotar*) Você não quer que eu escreva?

Zito (*Chateado*) Não se pode ajudar?

Verinha (*Enlevada*) Não, pode deixar. Eu escrevo mais depressa.

Rafael (*A Zito*) Não, estúpido... Eu sou mais rápido!

Zito e Rafael se conformam e voltam ao mimeógrafo. Fábio e Verinha de mãos dadas estão mudos no mundo da lua. O silêncio do barulho da máquina de escrever é que chama a atenção de Zito e Rafael. Eles voltam-se e surpreendem o delicado idílio. Primeiro surpresos, depois riem baixinho pegam-se as mãos e com afetado enlevo.

Zito (*A Rafael*) Não quer que eu rode o mimeógrafo, meu amor?

Fabio e Verinha despencam das nuvens
quando se sentem pegos em flagrante. Primeiro não
sabem bem o que fazer e depois esboçam o mais amarelo dos sorrisos.

Rafael Não, meu sonho... Vais machucar as mãozocas!

Zito (*Num uivinho doce*) Uhhh! Não faz mal! Com você ao meu lado, não me importo de machucar as mãozocas!

Terminado o diálogo amoroso dos dois, eles se olham e balançam suavemente as mãos. Fábio e Verinha continuam a sorrir amarelo. Os dois aproveitam-se disso e olham-nos a princípio sérios como se tivessem sido surpreendidos. Depois imitam também o sorriso sem graça de Fábio e Verinha. Os dois pares defrontam-se então somente com o sorriso oco de quem não está gostando muito da história. Um imitando mais afetadamente (Rafael e Zito) e outro vivendo o problema (Fábio e Verinha): "Fomos surpreendidos!"

Fábio (*Atrapalhadíssimo com tudo aquilo, começa a ditar a esmo qualquer coisa que Verinha procura escrever, mas não entende*) Como ia dizendo, Sr. Presidente, Excelentíssimo. (*É interrompido pela vaia brincalhona de Zito e Rafa*)

Zito Mora só... Disfarçando... (*Aos dois*) Esse negócio tá na cara a quatrocentos e oitenta e oito anos.

Rafael (*Amoroso*) Há 500 anos que eles estudam Sócrates!

Zito (*Mais amoroso*) E não saem de Sócrates!

Fábio (*Gaguejante*) Mas, olha... Eu...

Zito (*Correndo para Fábio e batendo-lhe nas costas como se tivesse engasgado*) Engasgou com o amor, meu anjo?

Rafael Que nada! Amor nesta fase não tem espinhos!

Verinha (*Atrapalhada*) Palermas!

Zito (*Rápido*) Não é justo... Vocês querem disfarçar... Nós somos os promotores desse idílio. (*A Rafael*) Não é, cupido 1?

Rafael Perfeitamente, cupido 2!

Zito Suamos... Caminhamos... Nos esfalfamos, para que vocês pudessem chegar às vias de fato e agora querem dar para trás!

Verinha Ih!

Fábio Ah!

Zito Vocês não se envergonham? Os sentimentos foram feitos para serem sentidos!

Rafael (*Entusiasmado*) Notável esta frase!... Cheia de convicção, de melodia...

Fábio De espírito!

Verinha Espírito de porco.

Zito E além do mais há muito tempo que estou na fila para ser padrinho de tão agradável acontecimento!

Rafael Ah, não... Padrinho sou eu!

Zito Perdoe-me, meu caro amigo... Sou eu!

Rafael *Sono io*!

Zito Os laços de amizade, que me unem aos jovens nubentes, determinam para mim a qualidade de padrinho!

Rafael No máximo você pode ser madrinho... Padrinho. (*Aponta para si mesmo*)

Zito (*Olhando para o teto*) Perdoai-o, senhor! Ele não sabe o que diz... (*Mudança de tom*) Pois bem, mostrando a minha generosidade deixar-te-ei o campo... Serás o padrinho Rafa e eu o Padre Zito... (*Sai para o quarto de vestir-se dos moradores da Pipa*) *Casamentus*... *Casamentaris*!

Rafael (*Assumindo, imediatamente, a condição de padrinho, inglesíssimo e lord*) *My dear.* (*Aproxima-se dos futuros nubentes e faz com que se deem os braços*) *My dear...*

Fábio (*Resignado*) Para o bem da Pipa de Diógenes me submeto a este martírio!

Verinha Martírio?

Fábio Não... Não é isso!

Verinha Então o que é?

Rafael (*Berrando*) Seu padre, depressa... Estão brigando antes de casar... (*Reprovando Verinha) My dear*!... (*Coloca-os novamente enlaçados e passa então a ficar rapidamente ora ao lado de um, ora ao lado de outro, procurando mudar expressões para que fique caracterizada a ideia de que se tratam de duas pessoas diferentes. Com uma risadinha bem tola e bem inglesa ele explica*) Na falta de dois padrinhos! *My dear...*

Zito entra com um capelo, sabe Deus onde arranjado. Uma toalha de banho à guisa de manto... Figura impassível e com uma colherinha, bem perpendicular, enfiada entre os dedos. Dirige-se a Rafael e cochicha-lhe alguma coisa. Fábio e Verinha, conformados, sorriem.

Rafael (*Depois de ouvir o que Zito lhe disse ao ouvido dirige-se a Verinha*) *My dear...* O padre pede 1003... (*Zito agarra-o e cochicha novamente*) Perdão, *my dear...* 1007 desculpas por ter esquecido com-ple-ta-men-te o latim. Pergunta-lhes se não se incomodam em casar-se em alemão...

Fábio (*Já bem à vontade*) Nesta altura... Até em esperanto...

Rafael Vá esperanto... (*Ri*) Boa piada, não, *my dear*?

Verinha (*Brincalhona*) Bobão!...

Zito (*Aproxima-se seriamente dos dois e diz algumas palavras de alemão, sempre entremeando-as com uivos barbaramente portugueses. Terminando a ladainha*) Asdrung ou não asdrung? (*Não ouvindo resposta pergunta cafajesticamente*) Asdrung ou não asdrung? (*Sem resposta cai no italiano quase furioso*) Asdrungue ou não asdrungue?

Fábio Asdrungo?

Verinha Asdrunga, vá! (*Riem*)

Zito Ainda bem... (*Levanta a pequena colher de café e asperge água benta*)

Rafael (*Puxando Zito pela toalha, cochichando*) Aguinha é só em batizado, seu...

Zito Quem é o padre aqui?

Rafael Amém!

Zito (*Aos nubentes*) Filhos, ide! Unidos, bem juntos, lutando contra todas a dificuldades, enfrentando todas as agruras, amaciando os espinhos que se vos antepõem, caminhando juntinhos ao lado de todos que almejam um mundo melhor, unido para que nem a morte vos separe... (*Todos estão boquiabertos com esse comovedor e profundo discurso. Zito tira o capelo, agradece*) O casamento verificou-se... Agora! (*Estica o capelo. Todos fingem que botam um níquel dentro*)

Rafael (*Malicioso*) E agora seu padre?

Zito (*Malicioso*) E agora o selo... Mancebos, beijai-vos!

Verinha (*Acanhada*) Oh!

Fábio (*Desconversando*) Vamos trabalhar, gente... A greve não espera!

Zito A lua de mel vem depois...

Rafael (*A Verinha*) *My dear*... Ao beijo... (*Toma posição de cinematografista e filma os dois nubentes que não têm coragem de consumar o ato*)

A filmagem é acompanhada de música característica de um desses infames jornais cinematográficos. Fábio beija Verinha bem de leve no rosto. Rafael e Zito aplaudem entusiasmados. Depois atiram-se um nos braços do outro chorando de alegria. Fábio que gostou da história aproveita o ensejo para continuar a abraçar a Verinha.

Zito (*Desvencilhando-se de Rafael e imitando moça casadora*) O *bouquet*! O *bouquet*!

Rafael amassando uma folha de papel qualquer e entregando a Verinha como se fosse um bouquet. Verinha atira-o para o alto. Os dois disputam-no com risinhos. Fica como é claro com Zito.

Zito (*Entusiasmado*) A Lisa é minha! A Lisa é minha!

Rafael Eh, velho! Esse negócio é de mentirinha!

Zito A Lisa é minha!

Fábio Lesminha é você... Olha o trabalho!

Verinha Agora que já se divertiram com essas besteirinhas podemos trabalhar?

Zito Besteirinhas... Ela bem que gostou... Pena o Dória não ter presenciado o casamento... Ele daria uma ótima dama de companhia!

Fábio	Agora ele está fazendo companhia ao Magnífico Reitor... Vamos, gente...
Rafael	Estava demorando muito... Mais trabalho!
Fábio	Rafael dá um pulo na faculdade para levar os boletins, vá!
Rafael	Ainda faltam alguns...
Zito	Pois é. Vocês ficam aí brincando e o tempo passa...
Verinha	Engraçadinho!
Fábio	Leve o que já está pronto mesmo...
Rafael	Por que logo eu...
Veta	Secretário de correspondência...
Rafael	Pois é... De mãos dadas! (*Pega os papéis que foram rodados no mimeógrafo e sai*) Tchau!
Fábio	Três V, hein, velho: vai e volta voando. (*Rafael desaparece*) Bom rapaz, o Rafael!... Só reclama da boca pra fora...
Verinha	Reclama, mas trabalha. (*Bate à máquina*)
Zito	Você falou com ele o negócio do aluguel?
Fábio	Eu disse que tínhamos dado a parte dele... Quase chora!
Verinha	Por quê? Ele não pagou?
Fábio	Há dois meses que a família dele não manda dinheiro... O pai dele foi posto na rua depois de trabalhar doze anos no jornalzinho da cidade... Parece que as opiniões políticas dele não coincidiam muito com as do novo dono do jornal!
Verinha	E agora?

Zito — Agora? Justiça do trabalho... Indenização... Chi! O melhor é procurar outro emprego!

Verinha — O Rafael agora vai ter que trabalhar, não é?

Fábio — Se vai... Ele anda a procura de emprego como um louco...

Zito — Ele e eu também... Mas é duro arranjar... Estudando na faculdade. Estudante devia ser pago para estudar... É um trabalho como outro qualquer...

Verinha — Vocês são uns vagabundos!

Zito — Olha aqui, mocinha... Se você não estivesse na presença de seu excelentíssimo esposo... (*Reclamando*) Estudo alemão feito um louco... Viro mimeógrafo o dia inteiro... Ouço todas as piadinhas dos moradores da Pipa e ainda sou preguiçoso... Retiro a minha benção do casamento de vocês! E intimo-a, como castigo, a preparar um café...

Fábio — Boa ideia!

Zito — Se é que você sabe fazer um café!

Verinha — Pra você, sem açúcar... Preguiçoso!

Zito — Fábio... Sua noiva está me ofendendo, um seu amigo... (*Dramático*) Escolha... Ela ou eu! (*Trabalha enquanto conversam*)

Verinha — Escolha: ou ele ou eu!

Fábio — Não há dúvida... Não seja por isso... Eu fico sozinho!

Zito — Então eu fico com a Verinha!

Verinha — E a Lisa?

Zito — Não se preocupe... O meu coração é grande o bastante para aninhar dois ou vinte sete amores...

Wagner entra na sala. Mala na mão, a barba um pouco crescida. O mesmo terno um pouco amarrotado. Ele está fora há quase uma semana, podendo mudar quando muito de camisa e de cuequinhas. Sua cara não é lá de muitos bons amigos.

Wagner (*Amarrado*) Boas!

Zito e Fábio Ueéééééééé!

Verinha Ora viva... Chegou na horinha... Café para três! (*Sai*)

Zito Pensei que você estava fazendo uma viagem interplanetária...

Fábio Bem-vindo o filho pródigo que volta ao lar amigo!

Zito Como foi de Lua de Mel?

Wagner Fui bem... Mas podia ter ido muito melhor!

Fábio Nós também não estamos indo muito bem, meu velho!

Zito (*Precipitando se*) Você não sabe o que aconteceu... Estourou uma greve na faculdade. Desde segunda-feira... A turma está...

Wagner (*Corta contrariado*) Sei sim... Soube disso hoje pelos jornais!

Zito (*Irônico*) Puxa! A Marina deixou você ler jornal... Hoje...?

Wagner Foi por isso que eu voltei! De quem foi essa ideia besta?

Fábio (*Que já percebeu o estado de ânimo do colega*) Depende do que você chama de ideia besta.

Wagner Essa ideia de greve em cima dos exames?

Fábio Você pelo menos sabe o porquê da greve?

Wagner Não sei nem quero saber... O que eu sei é que preciso me formar... Tenho que fazer esses exames...

Zito Muito altruísta...

Fábio Retiraram a autonomia do nosso grêmio, velho... E a luta para mantê-la não pode depender da existência ou não de exames. Não é só você que está com a corda no pescoço... Todos que tiveram o que você chama de ideia besta conheciam o perigo que iam enfrentar.

Wagner Vocês não têm é nada que fazer!

Fábio Você está falando sério? (*Fábio depois desta frase vai ficar mudo até o final da cena. Ele fica perplexo diante do colega que tanto estima e de quem nunca esperaria uma atitude assim tão brusca*)

Zito Queriam tirar o Ferreirinha da Filosofia... Apesar de não ter tido aula com ele... Você sabe como ele é grande!

Wagner Sinto muito pelo Ferreirinha.

Zito (*Ainda sem compreender a atitude de seu colega, procura entusiasmá-lo*) Queriam botar o Carecão... Veja só!

Wagner E daí?

Zito Daí? O grêmio protestou! Daí? Tiraram nossa autonomia, disseram que éramos moleques... Marcaram exame para o dia 17 de novembro... Dia 17 de novembro... Daí? Entramos em greve!

Wagner Mas onde é que vocês estão com a cabeça!

Zito (*Que começa a ficar nervoso. Bate com força na cabeça. Está ainda com a toalha que usou no casamento*) Ela continua aqui!

Wagner Pois não parece, meu velho. Eu me matriculei na faculdade e não no grêmio... Eu preciso da faculdade e não do grêmio, e não do grêmio para me formar... Pra melhorar na vida eu dependo da faculdade e não do grêmio... E não do grêmio, veja bem...

Zito (*Muito nervoso*) Eu... Eu... Eu... Eu... Fique sabendo, Wagner... Nós... (*Mais alto*) Nós... Precisamos do grêmio para ter a faculdade. Para zelar por ela. Sem sujeiras contra homens como o Ferreirinha... Nós não melhoramos na vida sozinhos, Wagner... Essa gente suja não deixa... Precisamos estar sempre juntos...

Wagner (*Com o nervosismo de Zito, assumiu imediatamente um ar paternal fraternal, calmo*) Mas Zito... Eu estou para me formar... Veja, você tem 20 anos... Eu tenho 25... Eu...

Zito (*Resmungando*) Deve ser por isso que eu não tive tempo de ter medo!

Wagner (*No mesmo tom*) Agora eu só dependo de mim... Já não tenho mais tempo para passeatas. O meu tempo de grêmio para festas e pic-nics já passou! Eu...

Zito É pena, nós estamos em festa, Wagner... Desde segunda-feira... (*Procura se acalmar*) Você perdeu os dias mais animados... É por isso que estávamos sem vontade de participar dela! Desde segunda-feira que cada um dos alunos pensa por cinco para saber qual será o próximo golpe da Diretoria... Desde segunda-feira que corremos todas as Faculdades, para pedir apoio à nossa luta... Desde segunda-feira o grêmio XVII de Novembro, com mesinhas na rua, procura arranjar dinheiro para animar a festa... Para continuar o pic-nic... Sabe por quê? Porque sem autonomia, nem os bailes e os pic-nics podemos fazer... Quanto mais conferências, cursos, conseguir livros com o governo, descontos... A querida meia entrada... Não teremos voz para pedir mudanças de horário, abono de falta para nossos representantes no Congresso... Dos quais nem poderemos participar... Sem autonomia não somos nada... Sem autonomia...

Wagner (*Interrompe já furioso. Bate com as mãos num rolo de papeis que estava sobre a mesa*) Mas escuta...

Zito (*Agora vai se acalmando mais*) Debaixo da sua mão, estão todas as adesões do movimento que você chama de ideia besta. Elas representam uma multidão de gente que, como você, tem seus problemas, mas sabe que só poderá resolvê-los se lutarmos juntos... Todas elas apoiam um homem que não tem 25 anos, Wagner, 25 anos ele entregou ao estudo, ensinando, trabalhando por nós...!

Wagner Tudo isso muito bem decoradinho, hein, velho?

Zito Não, Wagner... Bem sentidinho... Você concorda ou não que o que está sendo feito é uma grande sujeira? Que há necessidade de lutar para fazer com que o Ferreirinha possa fazer o concurso!

Wagner Sei... Sei... E os exames?

Zito (*Nervoso outra vez*) Essa foi a arma que aquela corja voltou contra os estudantes! A encruzilhada... Ou ficam sem o Ferreirinha ou ficam sem os exames. Ou ficam sem autonomia! Tudo isso só será conseguido, se trabalharmos juntos, Wagner! A razão está conosco... Somos apoiados por todo mundo... Mas para ganhar precisamos estar de mãos dadas...

Wagner Pois fique sabendo que eu não vou esperar que um milhão de pessoas resolvam os meus problemas... Se ninguém fizer exame... Eu vou fazer...

Zito (*Berra*) Capacho!

A cena fica mais violenta. Fábio levanta-se.

Wagner Cala boca, seu moleque!

Zito Capacho!

Wagner (*Avançando para o colega furioso e agarrando-o na gola do paletó. Zito não esboça nenhum ato de defesa. Ele está apavorado com a horrível atitude que o companheiro e amigo anunciou que tomaria. Ele está decepcionado com uma pessoa em que confiou por muito tempo e nunca julgara capaz disso*) Não admito que fale assim comigo!

Verinha entra neste momento com a bandeja de café. Duas xícaras fumegantes escondem seu rostinho apavorado diante daquela balbúrdia.

Zito (*Ainda agarrado pela gola*) Você tem medo também da verdade, não é... Capacho? (*Este capacho é dito num sussurro de decepção*)

Wagner não aguenta e levanta a mão para esbofetear Zito. Wagner está completamente transtornado. Ele foi, como é natural numa discussão, levado a defender um extremo antipático ao público, com o qual ele intimamente.[7] *Nós não sabemos ainda bem porque ele se revolta. Fábio se interpõe violentamente entre os dois colegas segurando o braço de Wagner. Não existe de maneira nenhuma qualquer superioridade física e sim uma superioridade intelectual que é mais marcada ainda pelo característico selvagem que Wagner imprime à cena.*

Fábio (*Frio*) Chega... Pelo menos não atrapalhe aqueles que lutam por seus interesses...

Wagner sai furioso e cruza com Verinha perplexa que se afasta do caminho para deixá-lo passar.

Wagner (*Para Zito*) Palhacinho!

Zito (*Ainda parado na mesma posição em que foi apanhado por Wagner. Perplexo. Com lágrimas nos olhos*) Capacho...

Fábio segura Zito para consolá-lo. Fábio mais do que ninguém compreende o esforço desenvolvido por Zito para ganhar o companheiro para a greve e mais do que ninguém compreende quão grande é a decepção de perder esta batalha. Verinha assustada se aproxima dos colegas.

Verinha (*Com a bandeja de café na mão*) Que foi que ele fez pro Zito?

7 N. das Orgs.: A frase incompleta foi mantida como está nas duas últimas versões da peça (tanto na datiloscrita, quanto na versão posterior que foi digitada).

Fábio	(*Abraçando também Verinha*) Ele não fez para o Zito... Foi para todos nós!

Os três acabrunhados estão unidos num solidário abraço. As luzes quando se apagam ainda os encontram mudos, abraçados.

FIM DO 1º QUADRO

2º QUADRO

Uma hora depois. Zito bate com um só dedo nas teclas da máquina sem papel. Verinha e Fábio sentados olham o chão. Todos denotam mágoa. Mais um instante de silêncio e Rafael entra. Nota-se visivelmente que está se contendo por algum motivo. Músculos retesados. Algo diferente lhe esbugalhou os olhos. Para um segundo na porta. Todos o fitam com uma certa surpresa e esperança. Ao notarem que se trata de Rafael e não de Dória voltam à posição anterior.

Zito	(*A Rafael*) Que é? Estátua agora? (*Pausa*) Pode entrar que a casa é sua! (*Rafael não se decide*) Vai ficar muito tempo parado aí?
Rafael	(*Contendo-se*) Parados estão vocês. Pensam que a greve acabou? Vamos trabalhar! (*Um instante de silêncio*)
Zito	Eu terminei tudo o que tinha de fazer...
Verinha	Eu também...

Fábio Também...

Rafael Pelotas! O que é que há com vocês?

Fábio (*Pausa*) O Wagner... Chegou, viu... E estragou...

Rafael Estragou o quê?

Fábio Nada... Palavras, palavras, palavras...

Rafael Ainda bem que vocês estão com o espírito prevenido. (*Decidindo-se. Toma uma pose de agente funerário*) Pois o que me traz aqui é uma notícia, tão trágica... Tão dolorosa.

Zito (*Chateado. Imitando gesto de desligar rádio*) Chi... Está desligado, vá!

Rafael Que eu não posso... Não tenho coragem de dizer... (*Silêncio. Ninguém pergunta nada*) É que... (*Rafael abre passagem para Dória que feito um furacão inunda a arena com notável notícia*)

Dória A greve acabou! (*Rafael que se mantinha teso até então aproveita para se expandir e entra no coro*)

Dória e Rafael A greve acabou! A greve acabou!

Fábio, Zito e Verinha não entendem.
Estão alvoroçados procurando compreender o alcance da brincadeira.

Zito O quê?... Han... O quê, o quê, o quê?

Fábio O que foi?

Zito Fala...

Verinha Diz logo...

No meio do alvoroço, Dória e Rafael continuam a vivar e proclamar o término da greve em meio a uma algazarra infernal.

Dória (*Trepando nas costas de Rafael*) O Reitor, diante de doze professores da faculdade, uma Comissão do grêmio e uma multidão que se acotovelava na porta deu parecer favorável a nós e nos comunicou o pedido de licença do Diretor da faculdade! (*Desce das costas de Rafael, que sobe nas de Dória*)

Rafael O Reitor diante do montão de cartas, exigindo: autonomia, moralização dos concursos, prazos razoáveis, homens capazes nas cadeiras... Não teve outro jeito...

Dória (*Pulando com Rafael nas costas*) O Presidente da faculdade, o Carecão, seu Camilo e Cia, já ontem haviam pedido uma licença de pelo menos 120 anos para passearem pela Europa...

Fábio Não...

Zito Isso é gozação!

Fábio Diga que é verdade!

Zito Não... Não... Não... No duro?

Rafael No duro, velhinho! E o novo Presidente da faculdade é o Elias de Castro que faz questão fechada de reconhecer a autonomia e a necessidade de autonomia do nosso grêmio. De mãos dadas, bichão, de mãos dadas!

Fábio (*No meio da algazarra infernal*) Mas que negócio é esse de ir para a Europa?

Dória É claro, meu velho, a pressa foi tanta, o negócio ficou tão na cara e a safadeza tão grande que de duas, uma: ou de palhaço no meio da rua ou fugir de licencinha para a Europa!

Rafael Quando a comissão chegou lá, o Presidente da faculdade já era o Elias. A turma já havia entrado com o pedido de licença! Desde ontem que a vitória é nossa! O Elias é um grande praça! Vai ver com carinho o negócio do concurso!

Zito (*A Verinha*) Me belisca... Me belisca... (*Estica o braço*) Aqui... (*Verinha belisca*) Ai que bom...

Fábio Então vencemos, gente!

Zito De mãos dadas. De mãos dadas! Quem foi que disse que a união não faz a força? Ninguém!

Wagner com todo o alarido é chamado à cena. Entra parado e fica apreciando o grupo. Nota-se que está numa situação embaraçosa, que reconheceu o seu erro, que se agrava mais com a vitória que apareceu.

Rafael (*Vendo Wagner*) Viva, Wagner! Vencemos! Acabou a greve. (*Vai a ele, sacode-o voltando para o grupo*) Viva o XVII de Novembro!

Todos Viva!

Zito Viva um dos melhores presidentes de grêmio do mundo!

Todos Viva! (*Com exceção de Wagner*)

Rafael Abaixo o Carecão!

Todos Uhhhhhhhh! (*Vaiam*)

Zito E pro Carecão tudo?

Todos Nada...

Verinha Isso precisa ser bebemorado! Vamos convidar todo mundo!

Rafael Eu vou com a Lisa, que é minha!

Zito Ótimo, rapaz! Leve a Lisa... Ela é inteiramente tua...

Rafael (*Percebendo*) Não... Perdoe... A Lisa é tua!

Zito Não... Não... Não, ela é toda tua... Não só dos pés à cabeça, como também da cabeça aos pés!

Rafael Então vamos os dois com ela.

Fábio Cada um alisa de um lado...

Verinha Como é... Vamos ou não vamos?

Wagner já esboçou um grande sorriso. Ele agora vê bem de perto a luta que tiveram seus companheiros e fica satisfeito que tenham vencido. Rafael e Zito levam Dória em triunfo. Verinha de baliza a frente de todos cantando. Fábio pega os papéis que deveriam ser distribuídos e atira-os para o ar. A comitiva chega na porta.

Zito (*Num grito*) Ihhhhhh! E o dinheiro? (*Largam o Dória, que se desequilibra e vai ao chão*)

Verinha Puxa vida! Sempre o dinheiro!

Fábio Pois é, foi-se todo no aluguel!

Verinha Essa mania de alugar palacete! Por que não moram na rua?

Rafael É mesmo...

Zito Vai sem dinheiro mesmo... Vamos embora... Viva o XVII de Novembro!

Todos Viva!

Wagner (*Dando um passo à frente*) Se for por causa do dinheiro...

Zito (*Interrompendo sem querer. Está de costas para ele*) Viva o Dória!

Todos Viva...

Wagner Eu posso contribuir... Se for por causa de dinheiro! (*Todos olham. Dória e Rafael indiferentes. Os outros três com emoção*) Vocês não vão me deixar fora da festa, vão?

Dória Por quê? Há algum motivo para não ir para a festa?

Wagner Não, não há... Mas quem falta à primeira festa, não é esperado para a segunda!

Zito abraça Wagner, emocionado.

Wagner Palavra que eu não sabia...

Fábio (*Dando-lhe um tapa amigável*) Essa história de mãos dadas é séria, meu velho. (*Coloca suas mãos sobre as de Zito e Wagner, entrelaçando-as*)

Wagner De mãos dadas!

Verinha Viva! De mãos dadas!

Todos (*Inclusive Wagner*) Viva!

Zito Então vamos embora!

Rafael Embora vamos.

Zito (*Pegando no braço de Wagner*) Mas vamos com o Paganini...

Rafael (*Pegando no outro braço*) Com o Paganini, vamos! (*Dória sai na frente, seguido por Fábio e Verinha que saem abraçados. Rafael, Wagner e Zito seguem por último*) Ué, seu padre... O senhor vai de batina?

Zito (*Verificando que ainda está com a toalha*) Ih, é mesmo... (*Volta para a cena no centro*)

Dória (*Saindo*) Viva o XVII de Novembro!

Todos (*Menos Zito, que é o único dentro de cena*) Viva...

Fábio (*De fora*) Viva o Ferreirinha!

Zito (*Dentro de cena, sozinho*) Ei, espera eu... (*Sai correndo. Antes de sair na porta da Pipa*) Vivaaaaaaaa!

FIM

bio -Então, muito nervoso às vésperas
ria - Nervoso por que? Se eu gôsso sozi
de gente....
to - (tremendo exageradamente) Por qu
Reitor, bebericando wisky...Por
fael - (Dando um papel a Zito, tremendo
to - Ora, sou eu quem pergunta, porque
ria - (arrumando papeis dentro da past
reitor) Ei, gracinhas. ~~xxxxxxx~~
de hoje...
to - (que se atropelou com Rafael ent
Quando Dória vai pegar o papel,
pepel, imitando o Reitor) Que ve
êsse aglomerado a minha porta? Q
ou talvez.... ah! não não já sei.
da de congraçamento interplnetári
do Brasil, Marte e Satélites....
fael - (fingindo-se funcionário do reit
por causa da greve...?
to - (Num grito) Greve! Mas eu não te
ria - (topando a brincadeira) Não , a
to - Mas a qui não é Federação de Fut
reitoria de uma universidade. Re
ria - (bancando menininho envergonhado
a nos dedeos) Não seu reitor, nó
que estuda, que veio junto com o
êsse troço que aconteceu na fac
não pode acontecer (~~xxxxxxxxxx~~
a um os papeis amassados e enfi-
ças...(Por que veja... Essa car
pelos grêmios secundários... Êss
êsse aqui é de um e outro sindic
la do Rafael, veio por engano...
e algumas mil assinaturas de gen
estamos com a razão... Êsse aqui
to - (lebertando-se dos apeis) Chega.
deixar que eu vou dar uma duzia
futebolzinho...
ria - (voltando a falar sério, e fechar

ANEXO

No acervo em que foi pesquisado o material original, consta uma folha avulsa desencaixada da sequência da peça, conforme imagem na página 94. As organizadoras decidiram trazê-la ao final para fins de documentação dessa cena de simulação de uma conversa dos estudantes grevistas com o reitor.

Zito — Tá cansado. Todos querem trabalhar.

Fábio — Então, muito nervoso às vésperas de entrevistar-se com o M. Reitor?

Dória — Nervoso por quê? Se eu fosse sozinho, vá lá... Mas vai uma multidão de gente...

Zito — (*Tremendo exageradamente*) Por que nervoso? Uma conversinha com o Senhor Reitor, bebericando wisky... Por que nervoso?

Rafael — (*Dando um papel a Zito, tremendo*) Sim, por que nervoso?

Zito — Ora, sou eu quem pergunta, por quê?

Dória — (*Arrumando papeis dentro da pasta que levará para a reunião com o reitor*) Ei, gracinhas. Quero uma cópia da circular de hoje...

Zito — (*Se atropela com Rafael e a entrega com um sorriso*) Ei-la! (*Quando Dória vai pegar o papel, Zito muda de atitude, finge ler o papel, imitando o reitor*) Que vem a ser isso, meu rapaz? E por que esse aglomerado em minha porta? Que quereis, aumento de salário?... Ou talvez... Ah! Não, não, já sei... Sois os representantes da cruzada de congraçamento interplanetária das universidades da jurisdição do Brasil, Marte e Satélites...

Rafael (*Fingindo-se funcionário do reitor, cutuca-o*) Não, seu Magnífico, é por causa da greve...!

Zito (*Num grito*) Greve! Mas eu não tenho nada a ver com a C.M.T.C.

Dória (*Topando a brincadeira*) Não, a greve do XVII de Novembro...

Zito Mas aqui não é Federação de Futebol, meu jovem. Estais na magnífica reitoria de uma universidade. Retirai-vos!

Dória (*Bancando menininho envergonhado, pega na camisa de Zito enrolando-a nos dedos*) Não, seu Reitor, nós semos um punhado de moço estudantes que estuda, que veio junto com os fessô, com os pai, pra dizer que esse troço que aconteceu na Facurdade de Filosofia é bandalheira e não pode acontecer. (*Pega a cesta de papéis e tipa um a um os papeis amassados e enfia-os na cara, dentro da camisa, das calças*) Porque veja... Essa carta aqui é a solidariedade hipotecada pelos grêmios secundários... Esse aqui é das Faculdades do interior, esse aqui é de um e outro sindicato. Esse aqui, ah! Esse aqui é cola do Rafael veio por engano... Esse aqui é um montinho de um milhão e algumas mil assinaturas de gente importante e batuta que acha que nós estamos com a razão... Esse aqui é o apoio de professores... Esse aqui...

Zito (*Libertando-se dos papeis*) Chega... Já entendi... Já entendi... Pode deixar que eu vou dar uma dúzia de chuteira pra vocês jogarem seu futebolzinho...

Dória (*Voltando a falar sério fechando a pasta*) Chuteira? Você vai dar mais é chute no Carecão e naquela gente... Pra nós, meu amigo, abono de falta, autonomia e olhe lá...

Zito (*Continua imitando*) É... Também... Pode ser...

Dória Bem, minha gente, lá vou eu!

Zito Um momento... (*Limpa Dória. Rafael ajuda. Cheirando-o*) Hum! Muito perfumado! (*Baixinho*) Parece a Solange!

Fábio Felicidades, velho, eu rezo por ti!

Dória É bom mesmo!

Fábio Volta voando, viu?

Dória Não se preocupe, tchau!

Zito E pro XVII de Novembro nada?

Todos Tudo!

Dória Tchau!

Todos Tchau!

Zito Isso tem que dar certo!

Fábio Bom, gente, vamos trabalhar, vamos trabalhar...

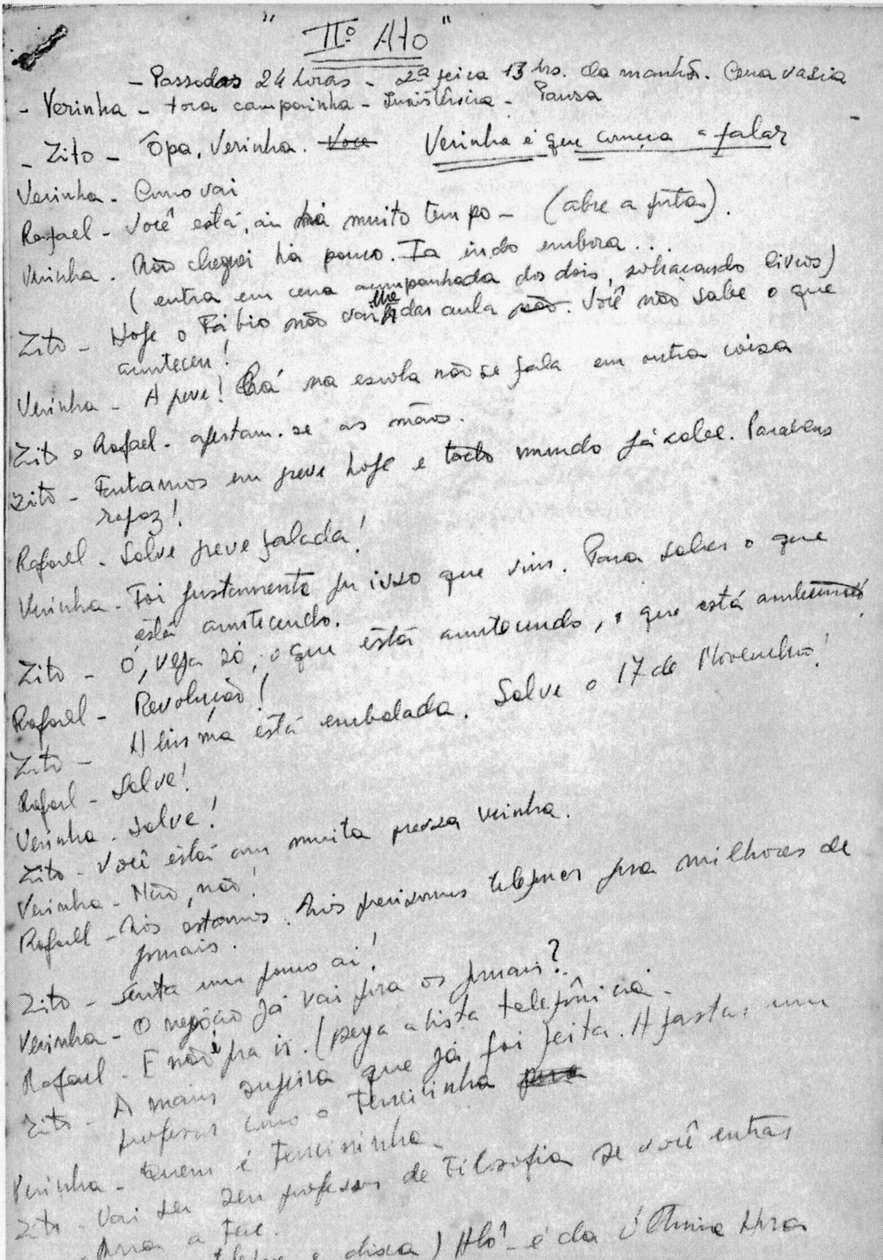
" IIº Ato "

— Passadas 24 horas — 2ª feira 13 hs. da manhã. Cena vazia
— Verinha — toca campainha — insistência — Pausa
— Zito — Ôpa, Verinha. ~~Você~~ Verinha é que começa a falar
Verinha — Como vai
Rafael — Você está aí há muito tempo — (abre a porta).
Verinha. Não cheguei há pouco. Ia indo embora...
(entra em cena acompanhada dos dois, folheando livros)
Zito — Hoje o Fábio não deu-lhe das aula ~~não~~. Você não sabe o que aconteceu!
Verinha — A greve! Lá na escola não se fala em outra coisa
Zito e Rafael — apertam-se as mãos.
Zito — Entramos em greve hoje e todo mundo foi colee. Parabéns rapaz!
Rafael. Salve greve falada!
Verinha — Foi justamente por isso que vim. Para saber o que está acontecendo.
Zito — Ó, veja só, o que está acontecendo, o que está acontecendo, o 17 de Novembro!
Rafael — Revolução!
Zito — A turma está embalada. Salve o 17 de Novembro!
Rafael — Salve!
Verinha. Salve!
Zito — Você está com muita pressa Verinha.
Verinha — Não, não!
Rafael — Nós estamos. Nós precisamos telefonar pra milhares de jornais.
Zito — Senta um pouco aí!
Verinha — O negócio já vai pra os jornais?...
Rafael — E não pra ir. (pega a lista telefônica. Afasta-se um
Zito — A mais sujeira que já foi feita. ~~pra~~ professor como o Ferrinhinha.
Verinha — Quem é Ferrinhinha —
Zito — Vai ser seu professor de Filosofia se você entrar na Fac.
Rafael — Vai ao telefone e disca) Alô — é da Última Hora

Página 21 da primeira versão da peça - texto manuscrito
Acervo Gianfrancesco Guarnieri, disponível no arquivo do CDT
(Centro de documentação Teatral), da ECA/USP.

-11-

Dória -É.

Fábio -Porque esse desânimo?Está bom prá xuxu...

Dória -Preciso fazer quinze desses por mês para ganhar uma miséria...

Fábio -A exploração do homem pelo homem,segundo os homens,é um fato...Mas o desânimo é um defeito...ainda segundo os homens!

Dória -Você quer que eu dê pulinhos...Com os três mil tenho que pagar livro faculdades,alugueis...(LEMBRANDO-SE)Ah!Por falar em alugueis o Wagner deixou a parte dele...(ENTREGA O DINHEIRO A FÁBIO)

Fábio -Bom mesmo...Em bôa hora...Topei com Dona Maria na escada e gelei...

Rafael-Cobrou é?

Fábio -Lógico...Você acha que não devia ter cobrado...

Rafael-(CHATEADO)É que a turma lá de casa não mandou dinheiro ainda.A situação está preta.

Dória -A gente se vira...que horas são?

Fábio -~~Daqui a longos quinze minutos serão quatro horas...~~ Está na hora da reunião.

Dória -Obrigado cavalheiro

~~Sugestão:Fábio:Para atingirmos a melancólica marca das quatro,devemos esperar longos e angustiosos quinze tortuosas voltas do ponteiro mais rápido.~~

Dória - ~~Tradução: (pensa)quinze para as quatro~~(Sorri)~~Está na hora da reunião.Vou botar o paletó.~~(SAI) Então eu vou me arrumar! (Sai)

Zito -Dona Maria está brava é?

Fábio -Não...mas está cutucando...

Rafael-Puxa essa Dona Maria!

Fábio -Coitada.A gente não pode se queixar.Voces se lembram o ano passado? Aguentou quatro meses.Nós de cara dura com ela e ela de cara dura com o dono do prédio!

Zito -É mesmo...o jeito é pagar!

Fábio -Voces precisam começar a se defender!Por que não dão umas aulinhas?

Zito -Você conhece alguem que queira aprender alemão no mundo?Depois,quem é que acredita nessa besta cojo professor?Você sim...tem uma cara ótima para professor..

Rafael-A Verinha que o diga!

Página 25 da segunda versão da peça - datiloscrito anotado
Acervo Gianfrancesco Guarnieri, disponível no arquivo do CDT, da ECA/USP.

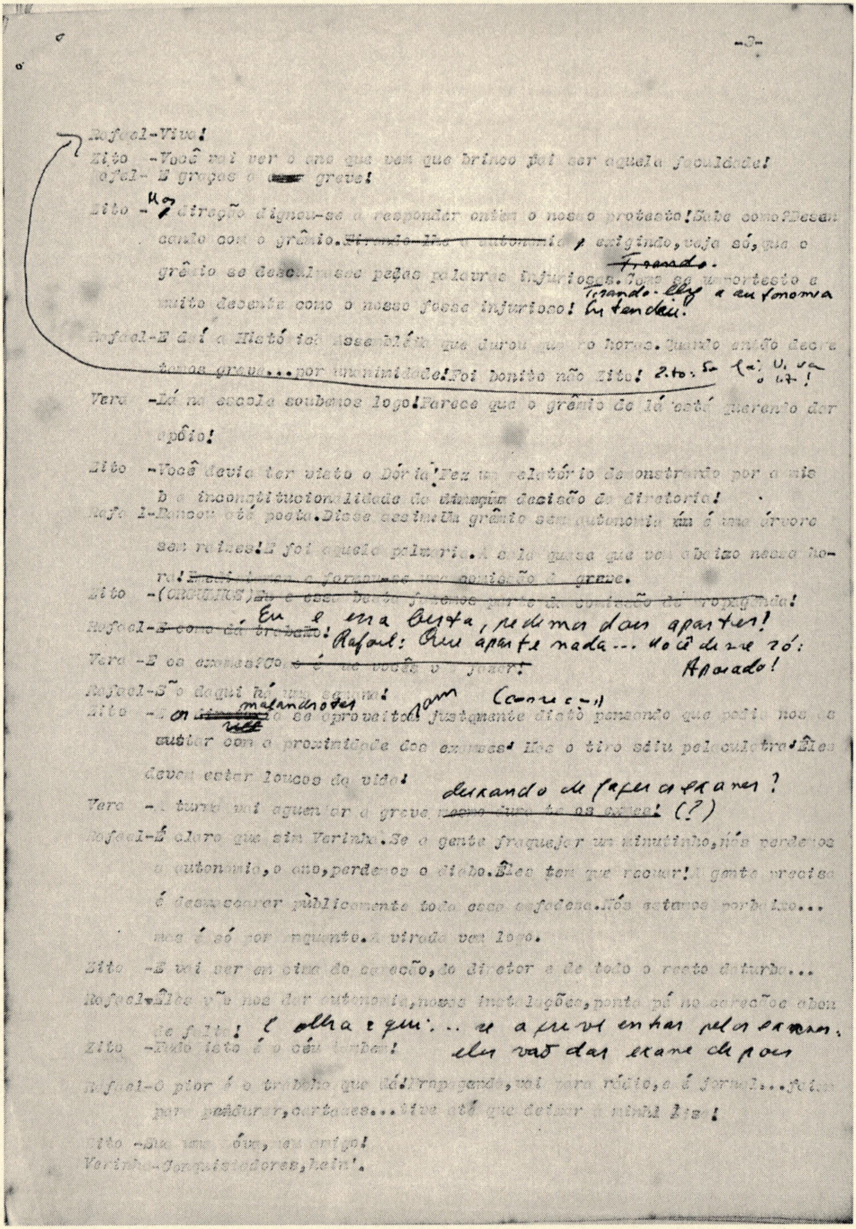
-3-

Rafael-Viva!

Zito -Você vai ver o ano que vem que brinco foi ser aquela faculdade!

Rafael- E graças a greve!

Zito - Nossa direção dignou-se a responder ontem o nosso protesto! Sabe como? Desancando com o grêmio. ~~Tirando-lhe a autonomia~~, exigindo, veja só, que o grêmio se desculpasse pelas palavras injuriosas. Como se um protesto a muito decente como o nosso fosse injurioso! ~~Tirando.~~ Tirando-lhes a autonomia. Entendeu.

Rafael-E daí a Histórica Assembléia que durou quatro horas. Quando então decretamos greve...por unanimidade! Foi bonito não Zito! Zito: Sensacional! Viva o Zito!

Vera -Lá na escola soubemos logo! Parece que o grêmio de lá está querendo dar apoio!

Zito -Você devia ter visto o Dória! Fez um relatório demonstrando por a mais b a inconstitucionalidade da decisão da diretoria!

Rafael-Bancou até poeta. Disse assim: Um grêmio sem autonomia é uma árvore sem raízes! E foi aquela palmaria. A coisa quase que vem abaixo nessa hora! ~~Escolhemos e formamos uma comissão de greve.~~

Zito -(ORGULHOSO) ~~Eu e esse besta fazemos parte da comissão de propaganda!~~ Eu e esse besta, pedimos dois apartes!

Rafael-~~E como dá trabalho~~! Rafael: Que aparte nada... Você disse só: Apoiado!

Vera -E os exames? ~~Como é que vocês vão fazer!~~

Rafael-São daqui há um semana!

Zito -Os malandrotes se aproveitaram justamente disto pensando que podiam nos assustar com a proximidade dos exames! Mas o tiro saiu pela culatra! Êles devem estar loucos da vida! (Comece...)

Vera -A turma vai aguentar a greve ~~mesmo durante os exames~~! deixando de fazer os exames? (?)

Rafael-É claro que sim Verinha. Se a gente fraquejar um minutinho, nós perdemos a autonomia, o ano, perdemos o diabo. Êles tem que recuar! A gente precisa é desmascarar pùblicamente todo esse safadeza. Nós estamos por baixo... mas é só por enquanto. A virada vem logo.

Zito -E vai ser em cima da careção, do diretor e de todo o resto da turba...

Rafael-Êles vão nos dar autonomia, novas instalações, ponta pé na careção e bom de falta! E olha aqui... se a greve entrar pelos exames. eles vão dar exame depois

Zito -Tudo isto é o céu também!

Rafael-O pior é o trabalho que dá! Propaganda, vai para rádio, a é jornal...faixa para pendurar, cartazes... Vive até que deixar a minha Isa!

Zito -Ela uma jóia, meu amigo!

Verinha-Conquistadores, hein!.

Página 35 da segunda versão da peça - datiloscrito anotado
Acervo Gianfrancesco Guarnieri, disponível no arquivo do CDT, da ECA/USP.

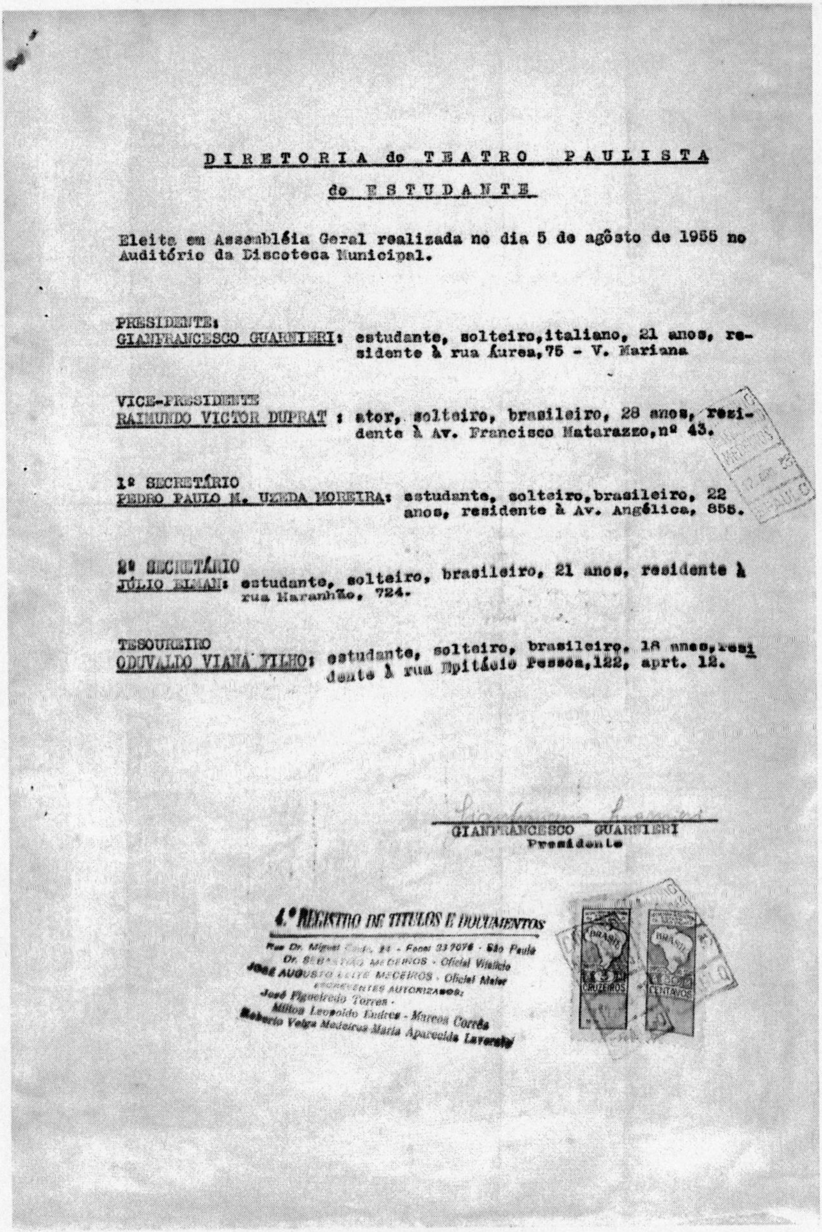

DIRETORIA do TEATRO PAULISTA do ESTUDANTE

Eleita em Assembléia Geral realizada no dia 5 de agôsto de 1955 no Auditório da Discoteca Municipal.

PRESIDENTE:
GIANFRANCESCO GUARNIERI: estudante, solteiro, italiano, 21 anos, residente à rua Áurea, 75 - V. Mariana

VICE-PRESIDENTE
RAIMUNDO VICTOR DUPRAT: ator, solteiro, brasileiro, 28 anos, residente à Av. Francisco Matarazzo, nº 43.

1º SECRETÁRIO
PEDRO PAULO M. UZEDA MOREIRA: estudante, solteiro, brasileiro, 22 anos, residente à Av. Angélica, 855.

2º SECRETÁRIO
JÚLIO ELMAN: estudante, solteiro, brasileiro, 21 anos, residente à rua Maranhão, 724.

TESOUREIRO
ODUVALDO VIANA FILHO: estudante, solteiro, brasileiro, 18 anos, residente à rua Epitácio Pessoa, 122, aprt. 12.

GIANFRANCESCO GUARNIERI
Presidente

4.º REGISTRO DE TITULOS E DOCUMENTOS
Rua Dr. Miguel [illegible], 24 - Fone: 33 7076 - São Paulo
Dr. SEBASTIÃO MEDEIROS - Oficial Vitalício
JOSÉ AUGUSTO LEITE MEDEIROS - Oficial Maior
ESCREVENTES AUTORIZADOS:
José Figueiredo Torres -
Milton Leopoldo Endres - Marcos Corrêa
Roberto Veiga Medeiros Maria Aparecida Laverde

Lista da diretoria do Teatro Paulista do Estudante
Acervo Gianfrancesco Guarnieri, disponível no arquivo do CDT, da ECA/USP.

Posfácio

Cheiro de mimeógrafo, café e bomba: uma cena com estudantes em greve

Lígia Balista

Descoberta da peça

Em 2019, quando o mundo ainda era outro, li pela primeira vez, nos arquivos do Centro de Documentação Teatral (CDT), na USP, a peça de teatro *A pipa de Diógenes*, escrita por Gianfrancesco Guarnieri e Oduvaldo Vianna Filho, ambos no início de suas carreiras. Eu e outros pesquisadores de longa data destes dois expoentes do teatro nunca tínhamos ouvido falar da *Pipa*. O interesse pelo material inédito encontrado pode agora contribuir para entender um pouco mais sobre esses dois grandes dramaturgos, especialmente sobre o seu período de formação e sobre suas experiências no Teatro Paulista do Estudante (TPE), possibilitando ampliar os registros e o debate acerca da história do teatro brasileiro do século XX.

O caminho de pesquisa que leva a uma descoberta e a uma publicação como esta é coletivo. Além do espaço físico e do empenho da instituição pública, que tem um olhar específico para a organização do acervo e para a preservação desses originais, tivemos o apoio do Programa Rumos Itaú Cultural, através do qual conseguimos ampliar e garantir etapas importantes da pesquisa. Foi possível, então, envolver mais gente nesse longo processo de higienização, descrição, acondicionamento e análise dos diversos documentos – etapas fundamentais que só aconteceram pelo trabalho de todos, junto ao espaço do CDT[1], tanto no acervo de Gianfrancesco Guarnieri quanto no de Cecilia Thompson, sua primeira esposa, que guardou, além de muitas cartas, bilhetes, fotos e programas de teatro, inúmeros materiais pessoais da família de Guarnieri.

Do contato com esses acervos, aprendi que a pesquisa em arquivo é algo vivo e dinâmico. Parece contraditório, já que muitos documentos costumam chegar a um arquivo após o falecimento de alguém. Foi esse o caso: parte do material chegou através de filhos de Guarnieri e após a morte de sua segunda esposa, Vanya Sant'Anna. Outra parte, a compor o acervo de Cecilia, chegou através de um neto, em dois momentos distintos. A leva mais recente de documentos, que chegou em 2022, ainda está sendo trabalhada. Nesse espaço de salvaguarda inicia-se, então, um novo caminho bastante ativo. A base de dados do CDT já disponibiliza para consulta milhares de documentos nesses dois acervos mencionados e o número segue crescendo, porque os processos não terminaram.

Foi no acervo de Guarnieri que encontrei três versões do texto *A pipa de Diógenes*, para as quais, entretanto, não temos uma datação precisa: uma manuscrita, à tinta; uma datiloscrita, com muitas anotações marcadas à mão e algumas páginas com indicações de correções e complementações; e uma terceira já digitada em computador, impressa (cujo arquivo original, digital, se perdeu).

1 O LIM CAC (Laboratório de Informação e Memória do Departamento de Artes Cênicas da ECA/USP), que compõe o CDT, abriga e conserva documentação variada sobre pessoas e instituições ligadas ao teatro, organizando o material abrigado em seu acervo e procurando disponibilizá-lo à pesquisa através da consulta in loco ou de sua base de dados online. Mais informações no site: http://www2.eca.usp.br/cdt/

A primeira é assinada também por Pedro Paulo (Pedro Paulo Uzeda Moreira, que não seguiu carreira no teatro após a experiência do TPE), nome que já não consta nas duas versões seguintes. Além disso, essa versão apresenta diferenças consideráveis em relação aos personagens (quantidade e caracterização) e também em relação a cenas inteiras comparadas com as versões posteriores. Há nesse primeiro texto um roteiro da peça – provavelmente as primeiras anotações feitas ao iniciarem a composição desse texto – uma lista de personagens, com sua respectiva caracterização e um breve esquema em prosa sobre as ações de cada ato. Pelo que consta de pesquisa até agora, a peça não chegou a ser ensaiada, mas essa primeira versão traz a indicação de nomes ligados a cada personagem, que supomos serem os atores pensados na época para interpretá-los. Essa lista inclui os dois jovens autores: Guarnieri estaria ligado ao personagem Fábio e Vianinha, a Dória.

A segunda versão da peça é assinada apenas por Gianfrancesco Guarnieri e Oduvaldo Vianna Filho. O primeiro ato aparece reescrito e há mudanças de cenas inteiras, sendo, portanto, a versão considerada para esta publicação.

A terceira versão foi digitada em computador por Mariana Guarnieri, filha de Gianfrancesco, a partir da segunda versão. Já houve aí um movimento para preservação desse texto, visto que o material estava muito gasto pela ação do tempo. O trabalho de Mariana sobre o texto ocorreu provavelmente no início dos anos 1990, quando seu pai ainda estava vivo – o que também nos indica que Guarnieri não se esqueceu, ou pelo menos não desprezou, essa sua produção da juventude mesmo depois de ter carreira estabelecida. Ele teria pedido, inclusive, que ela preservasse os originais do texto.

Dessa forma, apesar de não ter sido montada nem publicada até então, houve certamente um engajamento sobre o trabalho dramatúrgico no texto, perceptível nas versões encontradas na pesquisa, em alterações feitas à mão em diálogos, rubricas, ordem das cenas ou das falas, desde a primeira versão. A própria existência de diferentes versões mostra que houve mais de um momento em que o texto foi relido e repensado – aparentemente por pessoas diversas, haja vista serem encontradas várias caligrafias nos originais.

Primeiros passos

Apesar da surpresa em relação a essa peça, tanto Vianinha quanto Guarnieri mencionam a existência desse texto em referências distintas: um durante o processo, o outro mais de 20 anos depois da escrita do texto. De acordo com biografia escrita por Dênis de Moraes, Vianinha menciona a peça *A pipa de Diógenes* em uma carta de 22 de junho de 1956 endereçada a seus pais, na qual comenta a escrita do texto junto com Guarnieri. Já Gianfrancesco cita o texto em entrevista dada a Simon Khoury, publicada em 1983: chama o texto *A pipa de Diógenes* de uma peça "horrível", "desastrada", escrita a seis mãos – mencionando, portanto, o registro da primeira versão, que incluía Vianinha e Pedro Paulo. Apesar desse aparente desprezo pelo texto, é ele quem acaba preservando os originais.

O verso de papéis mimeografados foi o suporte material no qual a peça, que agora vem a público, nasceu. Foi a partir de rascunhos e do reaproveitamento de papéis do Teatro Paulista do Estudante e do Teatro de Arena que surgiu essa tentativa de compor uma dramaturgia brasileira e de relevância social. Folhas avulsas guardadas por quase 70 anos agora podem ser pesquisadas e organizadas a ponto de nos trazer aqui o texto integral de uma peça outrora desconhecida. Esses aspectos materiais que envolvem a escrita a várias mãos marcam a formação e os primeiros passos de Gianfrancesco e Vianinha, que logo se tornariam autores reconhecidos por obras comentadas até hoje. A escrita de *A pipa* foi experiência, portanto, de um período anterior à profissionalização de ambos e o verso de papéis dos dois grupos em que atuavam foi seu apoio inicial.

O processo de pesquisa e de estabelecimento do texto foi marcado, então, por recolher e tentar compreender as pistas encontradas. Páginas escritas em folhas reaproveitadas, de cartas do TPE ou do Arena, trazem no cabeçalho as datas dos anos de 1955 e 1956, o que auxilia na datação aproximada da peça. Tudo indica, portanto, que a primeira versão do texto foi escrita depois desses anos gravados nas folhas utilizadas e que ainda em 1956 eles trabalhavam com o texto da peça.

O trabalho visível de reescrita do texto também nos deixou pistas no que diz respeito às escolhas de cortes ou inserções de texto, nos diálogos e na caracterização das personagens, da greve e do grêmio estudantil. Todavia, se, no processo de juntar e dar sentido a algumas dessas pistas, conseguimos compreender várias informações sobre o texto, fato é que muitas incertezas se apresentam e seguem ainda por serem desvendadas. Como, por exemplo, as razões que levaram a peça a não ser montada; ou se teria havido alguma possível relação dessa peça com a chegada de Augusto Boal ao Arena, a partir de 1956, ou mesmo com os Seminários de Dramaturgia do Teatro de Arena (projeto de estudo e produção sistemática que funcionou com regularidade entre 1958 e 1961).[2]

2 Os Seminários não eram restritos aos integrantes do Arena e contaram com participação de autores e estudiosos do teatro brasileiro. Para mais informações, conferir a pesquisa de Paula Autran "Teoria e prática no Seminário de Dramaturgia do Teatro de Arena". Dissertação de mestrado defendida na Escola de Comunicação e Artes da Universidade de São Paulo. São Paulo, 2012. 164p.

Conforme o próprio Guarnieri aponta em mais de um depoimento seu, o processo de escrita de *Eles não usam black tie* (montado em 1958 pelo Arena) teria começado em 1956. Não se pode afirmar, portanto, que a sua escrita tenha se dado concomitante, anterior ou posteriormente à de *A pipa de Diógenes*. Por alguns aspectos menos maduros identificáveis no texto, como a elaboração das personagens femininas e o próprio desenvolvimento da trama da peça, parece-nos mais acertado afirmar que a experimentação do texto de *A pipa de Diógenes* seja anterior ao *Black tie*. Todavia, esse é mais um dado sobre esse achado que se mantém, por enquanto, no campo das incertezas – o que, não podemos negar, agrega certo fascínio ao estudo desse texto inédito.

Dada a temática e a vinculação da peça às práticas estudantis das quais ambos os autores faziam parte, faz sentido que as trocas ocorridas no interior desses grêmios, bem como nas discussões dentro do próprio TPE, interviessem na composição do texto. Sempre relacionados em estudos acadêmicos por uma vinculação apenas espaço-temporal, a descoberta dessa produção conjunta em fase de juventude dos dois, que mais tarde terão produções escritas com outras parcerias importantes, faz com que olhemos novamente para as pesquisas sobre teatro brasileiro do período e para a relação mais direta entre os autores, que trabalharam de maneira aparentemente intensa sobre essa dramaturgia, em interlocução que evidencia uma maneira de escrever bem diversa da prática solitária do escritor de gabinete. Ressaltamos, dessa forma, o movimento possível entre achados de um acervo pessoal contribuindo para a escrita da história pública do teatro no Brasil.

A peça inédita contribui, assim, para a reflexão sobre os impactos do TPE nesse processo de busca por uma dramaturgia nacional e mesmo para a importância do período de formação dos dois dramaturgos em questão. Lembremos que ambos eram de fato ainda muito novos: Vianna tinha 18 anos e Guarnieri 21 quando assinam a criação do TPE, em abril de 1955. São jovens estudantes que já tinham percurso de militância, mas ainda estavam construindo sua atuação em processos de luta política e na sua ligação com o fazer artístico. Os dois integraram a União da Juventude Comunista e traziam vivências no Partido Comunista nessa procura por um tipo de arte que pudesse participar dos debates políticos da sua época. Há algo do calor desses anos de juventude dos dois que aparece na peça: é uma fase fundamental na formação desses artistas, tanto política quanto dramaturgicamente.

Ao lado de Gianfrancesco e de Vianinha, assinam também a fundação do TPE: Pedro Paulo Uzeda Moreira, Vera Gertel, Raymundo Duprat, Diorandy Vianna, Mariuza Vianna, Maria Stella Rodrigues Vercese, Henrique Libermann, Julio Elman, Natacha Roclaw e Silvio Saraiva; e contam com o apoio do encenador e estudioso italiano Ruggero Jacobbi (que preside a reunião de fundação do grupo). O Teatro Paulista do Estudante marca uma fase importante da cena nacional: o início de um projeto nacional-popular que acabaria tendo influência no teatro político posterior. O engajamento do Teatro de Arena e mesmo a história dos Centros Populares de Cultura (CPCs) devem muito a esse processo de criação, experimentação e politização dos jovens do TPE. Guarnieri afirma, em entrevista, que o objetivo principal do TPE era, na verdade, a organização estudantil, mas que, no contato com as formas teatrais, passaram a questionar as relações do teatro com a realidade brasileira e a possibilidade de se fazer espetáculos preocupados com as questões do país. Nesse sentido, os registros, até agora, enfatizaram a implicação dele e de Vianna no TPE como atores, porém *A pipa de Diógenes* marca como os artistas também tiveram uma prática de escrita dramatúrgica já nessa fase.

Desde o estatuto do TPE já havia um incentivo à dramaturgia nacional, todavia, as montagens iniciais do grupo não seguem esse objetivo e apresentam autores estrangeiros. Com alguns anos de grupo, após participações em festivais e o recebimento de prêmios, reconhecem o aumento de responsabilidade e a necessidade de apreender "com mais acerto as necessidades culturais" que sentiria "nosso povo" – termos deles próprios, no texto "A curta história do jovem TPE".

Em 1956, menos de um ano após sua criação, o Teatro Paulista do Estudante funde-se ao Arena. Essa fase marcou não apenas a trajetória de Gianfrancesco e Oduvaldo – com a passagem de amadores a profissionais do teatro – mas de forma mais ampla a história do teatro brasileiro no período. Já fazendo parte do Teatro de Arena, foram escritas e montadas as consideradas peças inaugurais de cada um: *Eles não usam black tie*, de Guarnieri, e *Chapetuba futebol clube*, de Vianinha. Todavia, a descoberta de *A pipa de Diógenes* traz incertezas quanto a historicização dos primeiros escritos desses dramaturgos. Por outro lado, a análise de *A Pipa* reforça o significado político e social do teatro desses autores, pois ainda muito jovens já demonstravam preocupação em empreender uma reflexão crítica sobre a realidade brasileira a partir da forma dramática.

Há maturidades distintas entre essa dramaturgia que aqui apresentamos e as outras obras relacionadas aos mesmos autores. Entretanto, mesmo Guarnieri afirmou, em entrevista publicada em 1981, que o movimento do TPE funcionou para ele e para Vianinha como "um indicador de caminhos" – algo que, em si, já amplia a importância e as reverberações que esta peça tem tanto para estudiosos do teatro brasileiro quanto para artistas e interessados em geral.

Estudantes em cena

O título da peça já indica o recorte espacial em que se passam as ações representadas – a "Pipa" seria o apelido do local em que moram aqueles estudantes. Assim, o nome *A pipa de Diógenes* faz referência ao filósofo Diógenes de Sinope, da Grécia Antiga (conhecido também como "Diógenes, o cínico"). Ele teria sido exilado e vivido em mendicância, morando dentro de um tonel (um barril ou pipa), com pouquíssimos pertences. É essa referência que retomam para o título da peça, que, no texto dramatúrgico, indica o nome da república estudantil em que moram os cinco estudantes e o espaço em que se passa a peça toda.

O próprio espaço cênico escolhido, a moradia daqueles jovens, já indica algo que marca a dramaturgia: uma valorização de momentos do cotidiano daquele grupo que luta por uma causa envolvendo a faculdade. Apesar de tratar de uma questão política coletiva, que envolve a estrutura de uma faculdade em São Paulo e até mesmo a organização mais ampla da educação universitária no Brasil, o foco da peça fica na intimidade daqueles jovens. É a partir dos bastidores da greve que acontece fora de cena que sabemos dessa luta coletiva. É entre o barbear de um dos personagens, o cheiro de café e o som do jogo de futebol que chega pelo rádio que os estudantes da Pipa escrevem e copiam no mimeógrafo os materiais para circularem na greve proposta. É nessa unidade espacial da sala da casa deles onde se desenrola a peça toda.

À primeira vista a peça parece se aproximar de outros dramas escritos a partir da sala de estar de uma casa, mas não se trata aqui da casa de uma família: o espaço ali é dividido por jovens que não são parentes e que não necessariamente têm a mesma origem ou condição social. Sabemos pouco de suas vidas antes do momento da greve e é sempre a partir desse espaço privado e partilhado que os conhecemos. Assuntos mais corriqueiros, como conflitos no uso de pertences pessoais e divisões do aluguel, misturam-se a temas da política e das empreitadas sexuais e amorosas daqueles jovens. Se eles têm em comum a moradia e o fato de serem estudantes, cada um traz aspectos que marcam a caracterização enquanto personagens peculiares.

Dentro da casa dividida como moradia, começam então a debater as possíveis ações dos estudantes e do grêmio enquanto entidade representativa e organizam uma greve na faculdade. Há um exame que se aproxima: alguns parecem se preocupar mais em estudar para essa prova, outros nem tanto – o que vai acentuando a tensão da greve, já que o que vemos é aquele bastidor privado, e não exatamente cenas da esfera pública da rua ou da coletividade da greve com outros estudantes.

A estrutura de *A pipa de Diógenes* é bem colada na lógica do drama tradicional: peça dividida em três atos, com progressão temporal linear (sem uso de *flashback* ou de temporalidades fragmentadas) e o conflito se resolvendo no último ato. A peça apresenta sete personagens, sobre os quais sabemos as idades específicas (têm entre 18 e 25 anos) – a não ser por Camilo, identificado como "sem idade – sem caráter". Veremos, adiante, tratar-se de representante do diretor da faculdade que vai até a casa dos estudantes depois que declaram a greve. A chegada dele à casa, no segundo ato, aumenta a tensão do momento de greve, com uma espécie de tentativa de subornar o grupo de liderança por meio de promessa de notas – ao que os estudantes não se submetem.

Dos seis jovens, apenas uma é mulher. No entanto, diversas outras garotas são mencionadas ao longo dos diálogos, em referências principalmente a empreitadas amorosas dos rapazes – em geral, como recurso que tenta caracterizar os assuntos cotidianos dos jovens e trazer comicidade à cena, mas por vezes caindo em falas estereotipadas sobre as figuras femininas. Verinha, que é a personagem feminina em cena, cumpre função importante para a arquitetura da peça: personagem que não mora na Pipa, acaba funcionando como solução dramática para que se narre, a ela e a nós, acontecimentos anteriores ou externos ao que se vê no palco. Assim, pelas explicações dadas à moça que vai até a casa ter aulas com Fábio, os estudantes da faculdade de filosofia vão expondo um pouco da história do grêmio e das lutas já travadas por eles antes, nesses outros espaços de debate coletivo, e em especial no caso do concurso do docente.

Verinha é quem faz o café e quem digita na máquina de escrever parte dos textos que eles produzem para divulgar os acontecimentos da greve. Dessa forma, seu envolvimento político se restringe a esta tarefa operacional, enquanto os demais personagens masculinos protagonizam os embates que determinam os rumos do conflito. Em determinados momentos a personagem feminina parece ser diminuída, no sentido de apenas compor par amoroso com um dos jovens. Em *A pipa de Diógenes* ainda não está desenvolvida a complexidade de personagens mulheres como as que aparecem em outras peças de Guarnieri que também tratam de greve: tanto em *A semente*, de 1961, com as diversas personagens e papéis importantes que ocupam na trama; ou mesmo em relação à consciência e força que, por exemplo, Romana e Maria apresentam em *Eles não usam black tie*.

Apesar de não haver indicações precisas que localizem temporalmente quando se passam os acontecimentos em cena, alguns elementos apontam a historicidade da trama, contemporânea ao momento de escrita do texto: a crítica à crise de energia (menção à *Light*), o filme em cartaz no cinema, a referência ao jornal *Última Hora* e mesmo o diálogo com perspectivas nacionalistas dos anos 1950. A partir dessa construção ficcional centrada nesses estudantes a peça debate temas que marcaram o momento brasileiro de sua produção (meados de 1950) e também dramaturgias posteriores: divergências nas escolhas de ação política, relações com a mídia e estratégias de exposição da luta, uso de espaços institucionais para política eleitoreira, condições dos espaços educacionais, liberdade de organização e formas de protesto, autonomia dos centros estudantis organizados politicamente e relações entre estudo e trabalho na sociedade.

Sobre as rubricas, vale notar que elas não são apenas diretrizes para as cenas, mas funcionam como uma espécie de narrador que comenta os acontecimentos, apontando, inclusive, hesitações e incertezas diante de alguns acontecimentos... Um exemplo é o comentário sobre Wagner, no terceiro ato: "Nós não sabemos ainda bem porque ele se revolta." Por meio de rubricas deste tipo, temos por vezes longas observações que funcionam como comentários ao leitor, aprofundando a caracterização dos personagens ao mostrar outras camadas pensadas para além da ação vista em cena. Outras vezes a rubrica expõe pensamentos e reflexões internas dos personagens. Não se trata de um narrador que comenta ao público, mas que avalia o interior de alguns dos personagens e interpreta seu comportamento em algumas das ações.

O espaço onde a ação dramática ocorre, a moradia dos estudantes, permite expor aspectos que talvez publicamente não sejam colocados: as hesitações, os medos e as dúvidas dos jovens diante dos caminhos daquela luta podem, ali, dentro da segurança da sua casa, aparecer. Visões divergentes sobre a luta em questão estão dentro do mesmo lar e envolvem figuras próximas em idade e condição temporária de serem estudantes. Esse empenho dos autores em fazer um teatro que pensa a transformação da sociedade ao mesmo tempo que discute conflitos interpessoais parece tomar forma aqui para abarcar relações estudantis, nas suas especificidades, que diferem de outras marcadas hierarquicamente, seja no trabalho (entre patrão e empregado), seja na família (entre pai e filho) – como veremos em outras peças dos dramaturgos.

Em comparação com obras dos mesmos autores temporalmente próximas, vale ainda destacar elementos que dariam tanto debate sobre a relação com o popular, vista em *Eles não usam black tie* e em *Chapetuba futebol clube*. Se os momentos em que o jogo de futebol entre São Paulo e Corinthians chega pelo rádio para dentro da moradia dos estudantes talvez nos remetam ao tema da peça de Vianna de 1959, é preciso lembrar que *Chapetuba futebol clube* explora em outra dimensão as estruturas da organização do futebol no Brasil. Em *A pipa de Diógenes*, o futebol parece entrar muito mais como caracterização do ambiente cotidiano e das paixões e prazeres daqueles jovens. É possível notar, entretanto, uma aproximação formal entre ambas, que não mostram o coletivo em cena (nem a greve ou as assembleias, na *Pipa*, nem o futebol em si, em *Chapetuba*). Esses momentos de grandes coletivos estão, nas duas, apenas narrados. Dessa forma, o embate entre forma e conteúdo em *A pipa de Diógenes* pode retomar, inclusive, importantes apontamentos já feitos pela crítica especializada sobre essa questão em *Eles não usam black tie*.

Há, no polo oposto aos elementos da cultura popular, diversas referências eruditas ao longo do texto, notadas desde a cena de abertura já pelo conteúdo estudado por alguns deles e no próprio uso da língua alemã. Fontes acadêmicas, filosóficas ou histórico-culturais trazidas não são exatamente populares, como nos versos de Olavo Bilac mencionados no primeiro ato, ou na paródia feita por Rafael ("ao vencedor, o sapato"). Por vezes, os discursos eruditos são utilizados nesse tom paródico para criar cenas cômicas ou para satirizar o contexto de erudição. É o caso também da cena, no terceiro ato, em que simulam um casamento e ironizam o discurso da figura do padre, com uso de termos em latim – recurso típico de gêneros cômicos do teatro. Há ainda outras referências a textos clássicos e menções ao fazer poético, ao lado de referências a localidades da cidade de São Paulo, como nomes de cinemas e parques. É nesse ambiente que os moradores da Pipa se apresentam e debatem a greve estudantil.

O discurso da coletividade *versus* individualidade aparece como um dos conflitos centrais entre aqueles estudantes. Há a defesa de uma ação coletiva ("de mãos dadas") e há um estudante que discorda do estender da greve e questiona os limites do posicionamento coletivo. O personagem de Wagner não pode ser chamado de um fura greve, mas seus questionamentos, no terceiro ato, apontam para o dilema que se cria com possíveis consequências, para o âmbito individual, daquela ação coletiva. Sendo o mais velho do grupo e prestes a se formar, Wagner opõe de maneira interessante as duas instituições que unem aqueles estudantes (faculdade e grêmio), em um diálogo acalorado com Zito. Impossível não perceber, nesse trecho, ecos (ou experimentações?) dos famosos diálogos entre Tião e Otávio em *Eles não usam black tie*. Esse embate de posições, entre a motivação de orientação coletiva (que pensa o sujeito a partir do seu lugar na sociedade) e a motivação de orientação individual (que pensa o sujeito a partir dos seus desejos pessoais), marca a peça mais conhecida de Guarnieri e marca também *A pipa de Diógenes*.

Há uma tentativa, a partir da boca desses personagens estudantes, de valorização do recurso da greve estudantil, com formulações como: "Sabem que greve de estudantes não é brincadeira, é recurso extremo, onde só há um caminho:

vencer!" ou "Greve não é pic-nic não!". Essas imagens que comparam a greve estudantil a uma situação de encontro festivo aparecem mais de uma vez e mostram os embates em torno do recurso da greve como luta – nessa especificidade de uma greve que não é a mesma do operário de fábrica, mas é feita a partir da condição deles (provisória, temporária) enquanto seres em formação profissional na faculdade: "Lápis e papel e mãos à obra".

A assinatura da peça destaca ainda sua ligação ao TPE: "Peça em três atos do Teatro Paulista do Estudante" – grupo que misturava estudantes secundaristas e universitários, atentos à necessidade de formação de um teatro que pudesse divulgar com intensidade nossa cultura, por meio de espetáculos teatrais apresentados em espaços como colégios, faculdades, fábricas, clubes de várzea e clubes do interior de São Paulo. A criação do TPE parece ser contemplada em alguns aspectos de *A pipa de Diógenes*, como na própria figura da personagem Verinha, secundarista que está dentro da casa daqueles universitários, contribuindo à sua maneira para construir a luta dos estudantes. Ou mesmo em referências a escolas e grêmios secundaristas que estariam apoiando a greve dos universitários. O texto de *A pipa de Diógenes* destaca, assim, essa importante relação, para a mobilização política dos jovens brasileiros de meados da década de 1950, entre o movimento estudantil universitário e o movimento estudantil secundarista. Em contexto ainda bem ligado aos efeitos do governo de Getúlio Vargas e à perseguição aos comunistas.

É por meio dessa tentativa ainda no teatro amador, ainda jovem, que Guarnieri e Vianinha experimentam um fazer teatral que se aproxima do compromisso de despertar consciências, do empenho em provocar reflexão crítica no espectador e em transformar a sociedade. O final vitorioso para os organizadores da greve (enquanto ação unida na luta por autonomia) reforça a defesa de uma coletividade e esboça alguma crítica à posição que defende um pensamento mais individualista. Na cena final, a repetição do mote "de mãos dadas!", pela boca de Rafael, reforça esse tom com que se encerra o drama. Foi se mantendo juntos, de mãos dadas, apesar das hesitações e divergências, que conseguiram, na compreensão deles, vencer aquela luta – travada a partir da sala que dividem temporariamente. A peça se encerra quando saem todos dali para celebrar: se toda ação se deu, ao público, a partir do espaço interno daquela casa estudantil, depois da vitória alcançada, é saindo da casa que se dará a comemoração deles; porque *A pipa de Diógenes* trata de luta estudantil, mas também de paixões e festa, como já aponta a epígrafe da peça: é "sorrindo, cantando, brincando" que esses jovens tentam espalhar sua voz e alcançar outros jovens, pra que, por meio de luta séria e riso leve, a "voz do futuro" se faça ouvir em um mundo (nem sempre) melhor.

Agradecimentos

É preciso dizer o óbvio: um livro não se faz sozinho. Nem uma pesquisa, eu diria. Se muitas vezes o trabalho de pesquisa e escrita envolve momentos solitários, o que marcou meu percurso nessa experiência foi ter sempre muita gente competente e generosa me auxiliando para que a pesquisa de fato se realizasse. Não poderia deixar de registrar aqui meus agradecimentos a quem foi essencial para que este trabalho se tornasse possível e este livro fosse concretizado.

Aos herdeiros das famílias dos dois autores da peça: Mariana Guarnieri, Cacau Guarnieri, Francisco Guarnieri - que me permitiram acesso aos materiais, autorizaram a publicação desta peça e me auxiliaram com diversas informações durante todo processo; Maria Lúcia Vianna, que se interessou pelo achado e autorizou a sua publicação.

Aos meus colegas de trabalho nesse período: Juliana Caldas, que atuou na produção deste projeto desde o início, além de dividir comigo o cotejo das versões e o estabelecimento do texto – afora outros momentos de pesquisa e de trocas relativas à vida de mãe em um período de pandemia; Professora Elizabeth Azevedo, que está na origem desta pesquisa, sempre me abriu as portas do CDT e auxiliou em tudo que estivesse à mão, dentro e fora do arquivo, inclusive nos contatos com os herdeiros. Beth carrega em si uma generosidade surpreendente e exemplar para o mundo acadêmico, além de uma paixão pelo arquivo e pela partilha que com certeza ficam de aprendizado; Rodrigo Alves do Nascimento, que me acompanhou desde que essa saga era ainda uma tentativa inicial de pesquisa e foi peça fundamental para edição desse texto, além de amigo de longa data para risadas sobre as loucuras desse mundo; Jéssica Jardim, que aceitou a empreitada de organização (higienização, descrição, acondicionamento) de centenas de materiais e virou parceira de diálogo e de pesquisa, inclusive ajudando com a busca de entrevistados; Gabriel Henrique Fortunato da Silva, aluno da História que trabalhou na catalogação inicial de materiais do acervo de Guarnieri, no CDT, e foi quem me auxiliou nos primeiros contatos com a peça; Andrea Martins de Carvalho, produtora do projeto junto ao Programa Rumos Itaú Cultural, que sempre nos auxiliou em tudo que precisamos; Mariana Rosell, historiadora que reencontrei neste trabalho e que nos ajudou com uma leitura crítica do texto para edição; Thais Albieri e Luisa Destri, ajudas fundamentais desde a ideia inicial do projeto e presentes sempre que escrevo; Larissa Terceiro, que auxiliou com as burocracias e formalidades legais, sem as quais este trabalho também não aconteceria; Professor João Roberto Faria, que acreditou no projeto desde o início e auxiliou-me a estruturá-lo; Professora Maria Sílvia Betti, pelas trocas todas do início ao final do projeto, incluindo a ajuda fundamental na confirmação de autoria da peça; meu grupo de pesquisa ETEx (Estudos do Teatro Ex-Cêntrico), pelo acompanhamento em tantos espaços em que apresentei partes dessa pesquisa, pela leitura, debate e sugestões dadas para o posfácio.

A todos os entrevistados, pela paciência, pelas informações possíveis e valiosas: Vera Gertrel, Lígia Cortez, Juca de Oliveira, Eduardo Tolentino, Maria Lucia Vianna, Cacau Guarnieri, Natacha Roclaw Basbaum e a família de Milton Gonçalves.

À minha família, especialmente ao Paulo Spina, quem me faz ter certeza de que não fazemos nada sozinhos.

Este livro foi impresso na gráfica Psi7,
em papel pólen soft 70 g/m^2 e cartão 250g/m^2
e composto em Adobe Garamond Pro.

Ova Completa
Susana Thénon
trad. Angélica Freitas

Sotto Vocce e outros poemas
John Yau
trad. Marcelo Lotufo

Diário de Classe
Antonio Arnoni Prado
apresentação Vilma Arêas

Percurso livre médio
Ben Lerner
trad. Maria Cecilia Brandi

O livro do Martim
Daniel Francoy

Vontade de ferro
Nikolai Leskov
trad. Francisco de Araújo

Cidadã
Claudia Rankine
trad. Stephanie Borges

X, Y, Z
Carolina Tobar
trad. Marcelo Lotufo

Cada um a seu modo
Marcelo Lotufo
posfácio Vilma Arêas

Mundo Barbie
Denise Duhamel
trad. Miriam Adelman, Julia Raiz, Emanuela Siqueira

Meus poemas não mudarão o mundo
Patrizia Cavalli
trad. Cláudia T. Alves

caderno goiabada
nina rizzi
posfácio Heloisa Buarque de Hollanda

Virá a morte e terá os teus olhos
Cesare Pavese
org. e trad. Cláudia T. Alves e Elena Santi

Poemas mais ou menos de amor
Diane di Prima
org. e trad. Fernanda Morse

Rua Maravilha Tristeza
Frederico Klumb

Outros títulos das Edições Jabuticaba

Discoteca Selvagem
Cecilia Pavón
trad. Mariana Ruggieri e Clarisse Lyra

Estrelas brilham, mastigam lixo
Reuben
posfácio Júlia de Carvalho Hansen

Sereia no copo d'água
Nina Rizzi
posfácio Estela Rosa

Por qual árvore espero
Eileen Myles
trad. Mariana Ruggieri, Camila Assad e Cesare Rodrigues

Variações sobre tonéis de chuva
Jan Wagner
trad. Douglas Pompeu

A invenção dos subúrbios
Daniel Francoy
posfácio Guilherme Gontijo Flores

Que tempos são estes
Adrienne Rich
trad. Marcelo F. Lotufo

Por trás e pela frente primeiro
Kurt Schwitters
trad. Douglas Pompeu

As Helenas de Troia, NY
Bernadette Mayer
trad. Mariana Ruggieri

O método Albertine
Anne Carson
trad. Vilma Arêas e Francisco Guimarães

O hábito da perfeição
Gerard Manley Hopkins
trad. Luís Bueno

Os elétrons (não) são todos iguais
Rosmarie Waldrop
trad. Marcelo F. Lotufo

Cálamo
Walt Whitman
trad. Eric Mitchell Sabinson

Nocaute / 6 poetas / Cuba / hoje
org. José Ramón Sánchez
trad. Rodrigo A. do Nascimento e Mariana Ruggieri